カツベン

詩村映二詩文

季村敏夫 編

MIZUNOWA SHUPPAN

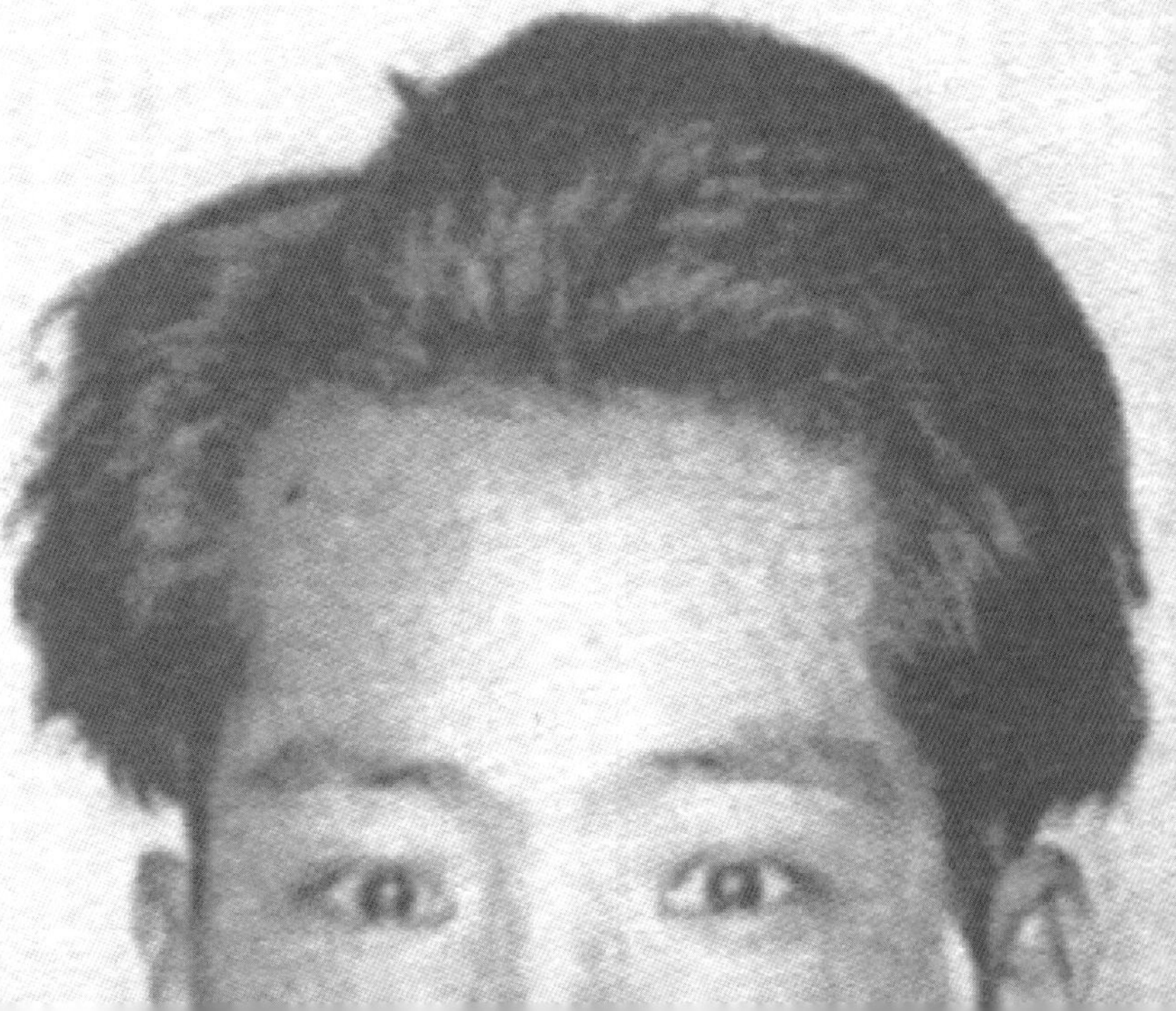

目次——カツベン　詩村映二詩文

表紙写真　詩村映二（一九〇〇—一九六〇）「小島のぶ江アルバム」より

凡例

・詩篇の収録作品は発表年月日順に配列し、発表誌を底本にした。

・詩作品の旧漢字は原則として新漢字に改めたが、かなづかいは原文のままとした。

・明らかな誤記、誤植は訂正した。

・散文篇は文体の躍動感を保持するため訂正せず、原文をいかしたところがある。

＊詩篇

早春

初午のドン〳〵太鼓に
おどろいて
ポトリと落ちた
紅椿……

ああ、春は、そつと
誘惑をふくんで
近づいている

北よ！

北に移動する悒鬱なる性格の生活
北は残忍と同情とを凍った山頂に合掌する
合掌は凍死する　鴉！
正義は雪片の中に溶解して一切の悪徳を拡大するか、拡大は法律《ルール》を撒水して北は北に
埋没す、

善は一羽の鴉を生誕し鴉は数万の鴉を胚胎す

北よ！

註——東西南北は共に生活を生活する。東は善と美を、西は無気力と逃避を、南は熱情と圧力を、北は冷酷と残忍と悪徳を——

敵

敵の剣をもぎとつた私
けれど——敵は短銃を握つてゐた
私は散弾の内部で白痴の美しさをきいてゐる

催眠術

少女はパラソルを斜めに廻しながら
ぴかぴか坂路を下りて来ます

一疋の蝶の色彩に移動する白い雲

望遠鏡の中にあかるい遠景が
催眠術にひつかかつてゐます。

海愁

私のこころのほとりに
海蝶の羽ばたきが乏しく揺れて行く――
私を呼ぶ合図のやうに。

日記

霖雨にしめつた部屋は黴びた匂ひがする
低い天井の煤けた空間《スペース》へ夕暮れが来て――
生きた虫が歩いてゐる！。

望郷

波の峯を貫いて来た
飛魚の眼に防波堤が沈む
私の頭は青い灯をともしてゐる。

虚身《うつそみ》

破れた靴の底に
冬がいたつき
この旅愁をはこぶみちに——
霧は硝子のやうに冷たい。

屍風

蒼茫と暮れゆく北の山脈《やまなみ》
道つきる虚空の果を風が渡つてゐる

歳を経た風の触手に地球儀の緯度がたゆたひ
もはや暁明の東天を指《ゆび》さす旅の人すらもない

叫喚する骨肉の腐片を凝視し
静かに胴体《どるそ》の嗚咽をきかう。

亡命

瘦せ細つた助骨の隙間にかくれてしまふ孤独の思念《パンセ》
窓庇の翳に山と谷と村落が見える。

白日

少女は花びらのやうに日影を流れてゐる。美しい足《ピエ》が影の中に沈んでしまふかのやうにさうして空一ぱいにパラソルをさしあげようとしてゐる。一匹の白い白い蝶が旅のつれづれに、ふとそのパラソルに翅をやすめたならば、蝶は哀れにも一本の望遠鏡を欲するであらう。

望遠鏡は妖しい夢の世界を見せてくれはしない。けれども蝶は愚かにも花粉のやうに高く高く飛翅したいと思ふであらう。

少女の瞳にはパラソルを透して虹色の空が静かに泛んでゐた。

秩序

タバコを喫つてゐるとき
私は移動する白い雲である。

灰になると冷たい秩序が
私に向つてマストのやうに倒れかかつて来る。

俗情

霖雨《あめ》ありて部屋は黴の花が匂ふ
濡れた空も侘しく
夕暮れの窓に私は背を向けてもみる

孤独

行く雲をのぞめば
空際線《スカイ・ライン》に
風見標《かざおみ》が歯を噛みならしてゐる

夢牀

野の叢を一匹の白い猫が走る――そのあとを尾行《つ》けてゐる一匹の黝い恐怖！

童話

子の手を曳いて
汽車見せに行く朝あけの踏切に
侘しげな旗の白さ

忘れゆくふるさとの匂ひ

日蝕

地にあらば暖かき陽射しに身を焼《や》きて

掌《たなごゝろ》いたづらに日輪《まわりひ》のゆくえになやむ

杳《はる》かにとほき願ひわが現世《うつそみ》の夢ともならば

月蝕

風は逃げて行つた　動かぬ霧の中に港がある　静粛が一艘の船を繋《つな》いでゐる　マストの尖のランプ（カンテラの灯はよろめきながら睡る）水夫のゐない海の怠惰な肌　景色を横切《よぎ》るものがないので町の女らは佗しがる　そして一羽の鷗は死んでやらうと考へてゐた。

挽歌

フランダースの少年が駆る原野
雲とともにゐる太鼓たち

（その日は終日雨が降つてゐた）

衛戍病院の白い壁を蝕む爬虫類
英雄の疲れた靴底にたわむれる雨蛙はもう
ゐなくなつてしまうのだ

真暗な硝煙が少年の恐怖を追ひ越して
誰もゐない曠野にただ虚無だけが佇む

倫理の小径

望遠鏡の中に山々を囲繞する朝霧が泛ぶ　狩人の肩は
眠る小鳥らのために傷むのか　黒い犬が速力のない声
で呼んでゐる

「あれは小径だ　そして籔があるだろう——その向ふ
には誰も棲んでゐない」

嗜好に合はぬランデヴーを書物の奥深くにひそめ、この
道はしらじらと霜につつまれる。

石に腰をおろして鉄砲をもつた彼が呟く（冷酷の掌が
世界のない世界を作り上げる）と。

ロマン

風が落ちてしまふのか　海景が汚點《しみ》の外廓に眠つてゐる　さうしてひとらは何処にもゐない

菜の花畑のあたたかい陽ざし　（あなたは媾曳をしますか？）

心をすますと窓外の小径から口笛がきこえてくる　叢の中をそつと歩いてゐたら雲雀の小さな骸をみつけた

書物《ほん》を伏せた私の掌を縫つて黄蜂が一匹死んでゐた

廃園

枇杷樹の周囲には燻銀のやうな屋根と屋根が　風に揺れる陽炎の波に砕けて　午睡の夢を展いてゐる　赭い土塊《つちくれ》だらけの古い庭園の片隅には　背の低いポルトガルの騎兵が一人手には手風琴《アコーディオン》（眼には眼）

一坪半の屋上ガーデンでは　緑色のペンキの剥げた植木鉢　史家の日記を繙けば　ひびの入つた白亜の壁にながながと寝そべつてゐ

る蔦の家系譜と侘しい蜘蛛の子供達がゐた。

　毀れたパイプオルガンの奏でる不協和音一尺四方の窓辺に凭《よ》つて（着物を脱ぐのは恥しい）乙女の瞳《め》には出征兵士の思ひ出があり粋な散歩者をおそれるのか敗戦の日は筐底《きゆうてい》ふかく秘蔵《かくさ》れてしまふ

激しい雨の暁に　ナポレオンの掌はバイロンの歌を索めたが　あれは閨房の秘事《ひめごと》　この静謐な村々では　悪徳が芽生える肥沃な空地さへもない　そして一本のアンテナが固いコルセットのやうに風儀の胸を締めつけてゐたのに　今日はまた　嚔《くさめ》が十七も聞えたさうだ

たつた一人の庭番はいつも荒れ果てた小屋の中で眠つてゐた　去年たわわな枇杷の実は輸出向きの編籠　童話《めるへん》の魔術は商標　（スワンたちが噂話をしてゐるかもしれません）

一飛行家の家計簿

ガソリンの夢
タバコの銀紙
煙幕一個携帯
雲
地球儀と遠心力
ピストル（来月分）
葬儀用自動車

暦

ドーヴァ海峡を距てた大英帝国が　晴れた日のビノクルに映つてゐる　ナポレオンの
鳩胸には微笑があつた
セント・ヘレナやコルシカを忘れ　林立する銃剣と三角帽を愛した英雄は掌の地図を
取り落した
銃殺される一兵卒の傲岸な振舞は　彼の生涯に惨忍な敗亡の一頁を残して行つた

天の花

一匹の黝《クロ》い野獣《ケダモノ》を見つけた
暴《ア》れ狂ひ　駆けめぐり咆哮し
やがて疲れ睡ってしまふとき
己が皺ふかい皮膚の隅々に
声も無くきこゆる老齢の歌
その歌に耳かたぶける私の掌に一茎の花
がある。

一線の上

汽車が平地をふみつぶして走りぬけた
高原の海抜へかゝると蝶々が旅愁のや
うにつづいてくる

仮説

暦日をめぐると驟雨《スコール》に濡れた群島の青い植物が見える
海図は南方ボルネオに棲む大鷲《コンドル》を知らず
水夫の怖れる暗礁と潮流を告知するばかり
（夜　海を渡ってくる風がひたひたと戸を敲けば土民は忘失した宗教を訊ねる）
陰暦六月十七日、凶変が湿気を含みつゝ彷徨ふてゐた

退屈

蝶を趁ふ口笛の青い風
テラスのカアテンはオードコローニュの撒布
沓い小丘は麦藁帽子《ストローハット》を連れて
雲に包まれた川岸の散歩《プロムナード》です

旅行記

風車の傍らに群れる子供らの掌には熟れた柿の実がある（急行列車が往きずりにみた人のゐない踏切の赤い旗は落し忘れた旅行鞄を暗示するのではないだろう）或る地方の村落に飢餓と貧困が発生した夕暮にも子供らの掌には熟れた柿の実があつた。

静脈

霖雨のそゝぐ葩の一つ一つに暗い陽かげが
ある
青い距離が心をすまして花粉を撒くの
であらふか
懶い風のゆくへに羽ばたく一匹の蝶の瞳に
空の光がまたゝいてゐた。

掌の皇帝

ナポレオンの描いた掌の地図はドーヴァ海峡
を距てゝ峻立する大英帝国の風貌を誤算した
つねに巨砲の歌を追ひ　己れもむなしい煙霧
の埋葬曲を恐怖する計量器の指針は哀れ西の
ローマンスに凭れかゝる　すると島国すらも
なくなつてしまうのだ（麾下の勇将に囲繞さ
れて逃走しない一兵卒を銃殺しやうと試みる
彼の夢想はセント・ヘレナの波濤に砕ける岩
壁の激しい意志を化装する）

白い軍馬には百日政治と三角帽が予想されて
ゐなかつたのに　一夜の豪雨が蠍《さそり》とともにワ
アテルロオを匍ひまわつて　いつか泥土の底
に少年のエレヂーが消えて行つた。

アルヂヱリア紀行

アルヂヱリア騎兵の髯
沙翁劇の出番を待つてゐる女もゐた
蛙の種族がこの部落を陥した昔話をきゝ
給へ　金絲鳥《カナリヤ》もお好みなら

芥川龍之介よ
海外旅行の食卓に高価なアナトールの鼻
を添へて
まあ気障な

白いベットも揺れてゐる

折々は地中海に簇生した透明な夜鶯が
号外を書きに来る村
朝になつたなら王様が留守で
印刷屋の表には本日休業の札がぶら下る

ベートヴヱンの皇帝協奏曲
日記のある小径を踏んで
胸を張つたスワンの一派が自転車で通る
ひねもす窓を閉めきつて
コルシカの鬼がぬすみ聞きすると思ふな
ついでに風景描写があつたら文豪面も出来るだらう

日曜日なら地理学の予習
地方のことゝて
風儀の悪い薬舗のお嬢さんも
碧いホーゼを持ち合せてゐなかつた
罪のないデテールだが
私は歓待されたふりをする

水中眼鏡は今般の栄誉を獲得した
アルヂエリアにだつて湖水がある
なにも貴婦人だけが靴をはいてゐるとは限るまい
妹に見せたら三文オペラもあるといふが
それならお望みによつて苺をすこしばかり持参しやう

鼻を明かされた悲劇の主人公が

回帰線に凭れるのは
ピントはづれな科白《せりふ》の故《せい》かとも考へられる
もしかしたらポケットのコンパスを落したのかもしれない
あいつは濡れた記憶で肥つてゐたつけ

青い村落

逆さになる空　瞳にかなしい青の中に木の葉がそよいでゐる　私を物語の部屋へそつと忍ばせやうために

樵夫が山を降りて来る朝のめざめ　陽の光を汲んで食卓を飾つてみる　もしも私ひとりなら窓硝子の外の小径に佇む花売娘を呼んでみやう

遠郷

晴れない空に数羽の鴉が円形をかいてゐる
落葉は絶え間なく
厳かな風の掌の上に

風土病

ジュネーブを出発したわれらの帆船は夢みる熱帯植物の密生する白い空へ霧のやうに流れて行く　あれはナポレオンの没落する巨大な音響《おと》を秘めた故国であらうか　世界平和の記録に洩れた孤島に佇つてひたすら銃火の炸裂する東天を俯瞰する皇帝の痩せた肩が見える（会議の報道に狼狽したアメリカ発見の殊勲者コロンブスが難破しなかつたのは不幸中の幸）

歴史家が記す万巻の書は常に英雄のために繙かれる　われらの帆船は風土病に罹つた数名の未開土人を載せて南の海を逃走中一婦人を熱愛する妄想を抱いてゐた。

花信——三島耕君に——

君が愕く必要はないとたつたいま盛り場の
花屋から出て来た男が呟いた　花の匂ひが
微風といつしよに陶器店の入口をくぐつて
行つた　私はなんにも愕くことはなかつた
のであらう　陽溜りで遊んでゐる子供らの
胸におやつ・・・

私は汚れた帽子を脱いでその男に挨拶した
（よいお天気です）

啓示

昔　ゆりかごの中にゐた私は　いまもなほ心に残るさまざまの物語をきいた
年若い母の古風なスキャンダルはもはや私の記憶から散逸しはじめ　ただひとつの妖しいあこがれであり幼少の夢であつた赤い風船玉の傍らでわづかに思ひ出の糸をふるはせてゐるのみ

〈ある夜運命的な恐怖に脅えつつ夜具を蹴る私を抱いてひそかに子守唄を口ずさむ母にむかひ　《夜になると鳥は眼が見えないんだ》　と私は主張した〉

一九三六年六月十九日——即ち宇宙の奇蹟ある日の蒼茫たる夕暮に妻は二人の

女児を愛撫しながら空を仰いで呟いた　あゝ　天の啓示！

崖〔故飯田操朗君へ〕

少年の眼が葩のやうに光つた　北にふるさとを控えた落日は二匹の縺れあふ黒い蝶の中に消え去つたのか　一握の無明が少年の肩をたたくときに彼は蛹《さなぎ》の哀愁をきいてゐる　その翅からこぼれる白い鱗粉は平凡な薬剤師が調剤したのではない　売笑婦が週に一度用ひる粉薬とても遂に滅亡《ほろ》んでしまふこの堕天使を救はないであらう　日日に痩せてゆく蛹は樹木から少年の心に落ちか

かり熱烈な思慕となつて生誕する　そして
一匹の黒い蝶が冷酷な世界の果へ連れ去ら
れてしまふ。

地球説

古風な二輪馬車が鷺《さぎ》の羽《はね》を挿した古風な帽子に沿うて鳥の通はない街道を一散に西へ西へと疾走する　そして忽ち雲の掌に消え去つてしまふ

〈その行方に地球はまるいのだ〉

街角のふしぎな迷宮の門表に刻まれた墓碑銘に　婦人の愛は**ナポレオン**の頭文字を気

音で発音した

帝王の門

年闌けてなほひとすじの道に行惑ふ男あり
桃樹の下にたむろして思ふは
なぽれおん・ぼなぱると・のこと

夢深きあかつきの波を蹴立ててエルバ島脱出のこころかたく　つねに皇帝の二文字を
くちずさみてはヨーロッパ簒奪の日を契ふ
しかも愁ひの翳だに見えぬユジュルパトゥルのたくましさ

いつの日か音高く崩るる百日政治の荒々しき息吹きを聴かばや。

生物学

すべての人々はもはや君と倶にエチカについて語らうとしない
〈君は溺死した海の花《くらげ》なのであらうか〉
無惨なエチカの屍骸《むくろ》を探索する軟骨生物の群にまじつておびただしいスキャンダルを
案出するのはやめたまへ。

遺失

私の思念《パンセ》を清涼剤代用にしがんでみたもの
はだアれもない　自分でさへいつかその声
を忘れてしまふくらゐ――
ましてこわれたタイプライターを掌にとる
日が来るなどと夢にも信じたまふな
　行衛を忘れた鷗の羽搏き
　財布の底は空白のマヂック

進歩とは浪曼的な熟語です

漂流記

海底の屍体が水族舘に棲む魚のやうにはつ
きりと見えた〈水中眼鏡はもはや影のない
ところに佇まない　さうしてそこには影だ
けが潜んでゐる　然り！　影だけが――〉
蒼ざめた女の思念は果てしもない空の彼方
に〈一人の生活は蒼茫たる海の粟であつた
のか〉幼児の掌に似たひとでからは遠く潮
騒がきこえてくる　まるで挿話の翼を拡げ

た天使のやうに。

世紀

噴水のある丘の上をみてゐる
季節のパパイア
横を向いた風車の蔭に
ロビンソン・クルーソーの
巨大な足跡
風の吹く日は鹿爪らしい
聖者の面影がある

沐浴の後では

誰もかれも林檎酒の
ストローをなつかしむ
いつたい
満腹するのはいつの頃かしら？
ふと
立止つて思案する
靴屋もあつた

迷信

野菜の値下り
のんき村の郵便夫が
奥さん達に持参する朗報

流行の階級意識も
この辺では魅力のないお伽噺
そんな歴史があつたとは
みなさん一向に御存知ない

上は村長の娘のスキャンダルから
下は小使の妻君が双児を生んだこと
おまけに
純粋性で痩せたがる男や
超現実主義の逆立ちまでが
こゝでは誇るべきトピックになります

知性の飲料水が君達を昇天させるのは
はて、村の教会所ででもあるのだらう
しかし
一体そんな迷信を信じてゐるのかね。

初出誌覚書

早春　『颪と雑艸』三号、昭和五年四月。初めて寄稿した作品

北よ！　『前線』第三〇号、昭和八年一月。初出は横組み。『防風林』二号、昭和九年二月、再録

敵　第三次『神戸詩人』一三号、昭和八年四月。『L'ESPRIT NOUVEAU』第二冊、昭和九年十二月、「落日」に改題し再録

催眠術　第三次『神戸詩人』一四号、昭和八年七月

海愁　第三次『神戸詩人』一七号、昭和九年五月

日記　第三次『神戸詩人』一七号、昭和九年五月

望郷　第三次『神戸詩人』一七号、昭和九年五月

虚身　第三次『神戸詩人』一八号、昭和九年七月

屍風　第三次『神戸詩人』一八号、昭和九年七月
亡命　第三次『神戸詩人』一九号、昭和九年十月
白日　『L'ESPRIT NOUVEAU』第一冊、昭和九年十一月
秩序　『L'ESPRIT NOUVEAU』第二冊、昭和九年十二月
俗情　『L'ESPRIT NOUVEAU』第三冊、昭和十年一月
孤独　『L'ESPRIT NOUVEAU』第三冊、昭和十年一月
夢牀　『ばく』創刊号、昭和十年二月
童話　『詩学』第四冊、昭和十年三月
日蝕　『詩学』第四冊、昭和十年三月
月蝕　『驢馬』第一冊、昭和十年四月
挽歌　『驢馬』第一冊、昭和十年四月。『詩学』第六冊、昭和十年九月、再録
倫理の小径　『詩学』第五冊、昭和十年四月
ロマン　『詩学』第五冊、昭和十年四月
廃園　『驢馬』第三冊、昭和十年九月
一飛行家の家計簿　『驢馬』第三冊、昭和十年九月

暦　『詩学』第六冊、昭和十年九月
天の花　『驢馬』第四冊、昭和十年十月
一線の上　『驢馬』第四冊、昭和十年十月
仮説　『詩学』第七冊、昭和十年十一月
退屈　『詩学』第七冊、昭和十年十一月
旅行記　『驢馬』第五冊、昭和十年十二月
静脈　『驢馬』第五冊、昭和十年十二月
掌の皇帝　『驢馬』第五冊、昭和十年十二月
アルヂヱリア紀行　『詩学』第八冊、昭和十年十二月
青い村落　『詩学』第九冊、昭和十一年一・二月合併号
遠郷　『詩学』第九冊、昭和十一年一・二月合併号
風土病　『驢馬』第六冊、昭和十一年四月
花信　『驢馬』第六冊、昭和十一年四月
啓示　第四次『神戸詩人』第一冊、昭和十二年三月
崖　『驢馬』第七冊、昭和十二年四月

地球説　『驢馬』第七冊、昭和十二年四月
帝王の門　『VARIÉTÉ』姫路詩人クラブ作品集一冊、昭和十二年五月
生物学　『VARIÉTÉ』姫路詩人クラブ作品集一冊、昭和十二年五月
遺失　第四次『神戸詩人』第二冊、昭和十二年六月
漂流記　第四次『神戸詩人』第三冊、昭和十二年十月
世紀　第四次『神戸詩人』第四冊、昭和十三年二月
迷信　第四次『神戸詩人』第五冊、昭和十四年十一月

収録を見送った作品以下
俺の心はどうか　神戸新聞「神戸文芸」投稿（昭和五年二月二十八日）選者、富田砕花
木犀　『愛誦』第六巻一二号（昭和六年十二月）投稿
カフエ交尾学　『前線』第二三号、昭和七年四月（未見）
ダヤルガクモン　『前線』第二四号、昭和七年五月（未見）
スパル　『前線』第二五号、昭和七年六月（未見）
卓上小詩　『愛誦』第七巻八号（昭和七年八月）投稿

＊『前線』（発行所、日本前線社、大阪市北区梅田新道太平ビル二階、発行者星隆造、編集武田徳倫、印刷所プラトン社）は『ブラジレイロ』（昭和五年五月創刊）が改題された雑誌、稲垣足穂、北園克衛、春山行夫、堀口九萬一、今東光らが寄稿している。星隆造はニッポン　ブラジリアン　トレエディング　コンパニー（神戸市八幡通三丁目）を営んでいた。

＊散文篇

白い雲の精神

ポウル・ヴアレリイに関する限り僕達は驚歎する以外の何物をも持たないであらう。

それは何故であるのか、ヴアレリイは浮動する白い雲の精神を悲劇的に経験した。彼は彼自身の思想、観念、感情を白紙の空に精神しやうとしたが、それは結果に於いて彼の意志した散文ではなかつた。彼は夕陽の紅い落下と共に散文を散文しやうと努力した。けれども、ヴアレリイのあらゆる条件は彼をポエジイに繋留したのである。何故に彼はポエジイに繋留されたのか。それは彼の性格の故である。純粋に詩であるべき性格の故である。彼は悲しみながら詩神の翼に身を固めはじめた。ポウル・ヴアレリイ！

彼の賢明な苦痛はまた僕達の苦痛であると云へるであらう。

ぼく等は何によつて自分を、そしてまたヒユマニテイの滑稽な感激なしに彼等自身を理解してゐるところの彼等の精神をも娯しませることが出来るのか。それは憂鬱によつてであるか。或ひはまた秘密によつてであるか。精神が精神を理解する限りに於いて我々の秘密は存在しない。もしくは僕の。けれども一片の白い雲に就いて語るぼくの精神について僕がまたは諸君が知り得たと思ふ白い雲の全貌は決して白い雲の全貌でもぼくの唇の全体並びに全容積でもない。精神はさらにそれ以上の白い雲について精神自身に語つてゐるであらう。それは完全な言語を持つてゐる。けれども我々が諸君に示さうとする精神は現実的な実践的な目的をもつた言語以外に言語を持たない。そして屢次詩人たちは白い雲について語ることを絶拒されるか、ほんの僅かしか語ることを許されない。

かかる僅かに白い雲の一片にしかすぎない表象をすら見落さないそして見誤らない、また切り落さない精神の、諸君それは感性と呼ばれる玻瑠器であらうか。しかしながらその感性が言語の盤面を駈けめぐるとき言語は不充分な音律をしか音律しない。ヴアレリイにおいてすら素晴らしい音律をもつたと云ふ以外に全てではない音律を音律した。それが詩人の仕事である。詩人は野獣のやうにそして白と黒以外の色彩をお気に召さない貴族のやうに聰明にならうとし、たつた一つのものを『感性の全領域』を探りもとめるのである。

ブレモン師は『詩は散文の終るところに始る』と言つてゐる。師が、詩の霊感を神秘と呼んだことは数理的誤謬であつた。祈りの状態と相同じだと云はれるこの神秘は、しかし屢次さうでないときに起るものなのである。そしてそれは少しも宗教的ではない。

我々は一片の白い雲について語るとき、現実の事象からただ一つ純粋なものを抽出しやうと努力する。同時に我々の精神は精神の中から不純な様々な物を捨てやうと努力する。かかる我々の精神によつて捨てられたものは何か。それは詩以前に在るところの散文精神でありそれのもつ散文的事象である。

我々の精神は常に相異る精神の二つの方向を持つてゐる。

我々はそのとき一片の白い雲に於いて純粋性や明確性をしか意志しない。

第三次『神戸詩人』一四号、昭和八年七月

詩論の陥穽

意識が対象を分解するのではない。意識が意識を極限するのである。其処にあるものは怖しい空白だ。無智蒙昧な詩人達はこの空白を信仰すればよい。

精神が言語をその極限から更に一歩（これは謙譲の美徳ではない。我々はアキレス筋は、単に一歩のためにのみ存在するものだらうか？）内部に近づけるためには、意識の最後の極点から空白をすら追放しなければならぬ。おそらく言語が精神を制約することもあり得るのだ。

一聯の歴史的人物が、意識の最下層に達し得たとしても、発見したものは、遂に意識でしかなかつたといふことは、これは決して単なる喜劇ではない。人間の行動を規定するものが意識であると解釈される限り、プルウストらは正しかつた。

常に聖なる乳房は、成長した我々にまでも必要である。我々の飢餓は、それを飢餓だと認識する原因としてのみ存在する。この場合、結果など誰が求めるのか。原因だけが、尤も自由で、尤も強力なのだ。

アンリ・ブレモン師とシエストフが、その最後の一点に於いて、賢明な詩人の同情をかち得たとしても、そのために彼等を軽蔑することは出来ない。「魂の祈り」とか「祈りの形」とかが口にされた時、我々は赧らめるだけの近代性しか持ち合せてゐないではないか。

精神活動は自意識の四壁をその照された光の中に歩む。智性の悲劇は、精神活動が四壁の内部にあつてのみ熾烈であるところに在る。智性の祭典とは言葉の面目にすぎない。

欲望と熱情——智性が攀ぢ登らうとして絶へず顚落する峻峰。プルウストにとつてもジイドにとつても、ともに神秘でなければならぬ峻峰！　こゝに詩の秘密がある。

智性の拒絶された精神の内奥に赤ん坊の性慾が住んでゐると言ふ説は只に内奥の一部分を説明したにすぎぬ。マックス・ジャコブが彼の天使を抽出しやうとしたのもこの内奥の極限に達する一つの方法であつた。

「夢の状態」は意識の限界を越える。無意識の意識が仮説の下に、意識によつて明らかにされたと思惟する人々は、それにも拘らず「夢の状態」を信仰する。精神活動の認識せられたる面は、それがたとへ意識内容の無限の発展、底の知れない割目への複雑多様な充足であつても、意識の極限に達する意識であることは明白である。ではこの意識の限界を越えたところには一体何物があるのか？ 狂気か、永眠か、発作か、さうではあるまい。「夢の状態」を可能ならしめるもの、智性の擾乱について、智性の無力について、智性の真実らしさについて、一切の明白な平衡ある整理されたものについて、強力に嘲笑するじやじや馬がゐるのだ。〈もつと適確な言葉が必要でせうか。いゝえ、それは失礼な話です。現に、あなたは生きてゐられるんですからな〉

未知の世界を探求すればするほど、モラルはもつとも俊厳な相貌を現すのである。この憎悪に満ちた白昼の戦ひは、属性として神を分析すべく位置づけられてゐる。此の際詩人は神を分析すべく闘ふのではない。

モラルが詩にとつて荷厄介だと思はなければならぬ間、詩人はその詩の純粋を名目としてモラルを追放する。闘ひの故にではなく、彼等が企図するスタイル故に。

我々はシユウルレアリストらとともに、またも意識を分析しなければならぬとは思はない。

『詩学』第六冊、昭和十年九月

飯田君の死の直前〔白い手紙〕

☆

僕がはじめて飯田操朗君に逢つたのは昭和八年五月、丁度同君が独立展第三回目、海南賞をとつた年である。同君の実家は姫路の花街西魚町にあるが、その真向ひの茶房ブラジルで君が小品展をもつた時、額椽が足りないから借りて欲しいとブラジルの店主増尾氏より頼まれて紹介されたものである。それがその後同君の死に到るまで同年の交友のはじめであつた。

画家に似合はず——といふと変にきこえるが実際画家に似合はず文学に関しても可奈り読んでゐたやうで、プルウストやヴアレリー、ローレンス、ルイス等に就いて相当の見解をもつてゐたのは僕の常に感心してゐたことである。超現実派画家として君が異常の美しさを発揮したのも決して故なきでないと思ふ。

☆

昭和十一年の三月、僕は商売の便宜上一家と共に神戸へ転居したが、その年の五月、大阪朝日ビルで第五回の独立展があり、作品ＡＢＣによつて同君は抜群の成績で会友に推薦されたが、僕は姫路から招待券を送つて貰つた。その時の手紙をこゝへ発表させて貰はう。

☆

御手紙拝見致しました。最近また神経痛で弱つてゐます。よくまあこんなに悪いと自分乍らアキれます。アトリエの小生の画色がよく出てゐません。大阪展は八日の日に無理してゆきました。関西へ来ると場所など虐待するので困る。今年はやはり、福澤さん、海老原氏なぞ抜群です。全体にウマクなかつたが——関西の奴は皆駄目です。御希望の会友券小生の所へ来てないので先日も会場で事務の女にしかられた。こんな馬鹿な事はない。東京へ言つてやつたら、東京の方から関西の事務所へ言つてくれたらしいです。一回きりの招待券ですが送つて来ましたから二枚同封しておきます。御使用下さい。小生も、もう一度ゆつくり見たいのです。先日行つた時は川口軌外氏や青山義雄氏らと話し込んだり増尾君も一緒だつたし身体も痛かつたので、急いで帰りました。若し行く様なればお伺ひします。ではまた、奥様にもよろしく、

操朗生

詩村映二様

☆

一番最後に会つたのは死の一週間ほど前である、その後僕達一家がまた〱姫路へ舞ひ戻り、「驢馬」の第七号を出さうと編輯にかゝつた頃だつた、その頃病勢が進んでゐたらしく、少し道を歩いても息切れがして困りますと、――よく口癖のやうに云つて居り、目に見えて衰弱の色があの蒼白な顔に表はれてゐた。しかもよく出歩いて、休むことのないあの勉強振りから、姫路の本屋を漁り歩いてゐたのだつた。考へてみると、病気をいたはる心より、いい絵を描かうといふ心の方が強く、それが著しく病勢を昂進させたものではないかといふ気がする。その日も何処かへ出ての帰りだつたかと思ふが、息せき切つて歩き、例の強度の近視から傍へ来るまでは人の顔も判らず、漸く近くへ来て「やあ」と立止まつて「体の方は?」ときくと「息切れがしてネ」と寂しげに笑ひ「どうもいけません」と心せはしく帰つて行つたのであるが、それからどつと床についたきりであつた。

☆

「驢馬」創刊以前、廃刊した前「神戸詩人」当時から表紙やカットその他についてはいろ〱無理を言ひ、死の直前には本号「驢馬」の表紙を描いて貰つたが、それが結局、同君の絶筆となり、追悼号を飾ることになつたので思へば画壇としても、姫路の洋画界としても、惜しい人をうしなつたもので、僕にとつてもその気持は尚更深かつた。

同君と往復した手紙からでは、同君の思想の一端といふものはあまり窺はれないが、（或ひは画壇の友には画について、語つた書簡の往復も相当あらうが）この紙面に語られてゐない君の思想は、むしろその芸術に現れてゐるやうに思へるし、それが真正の芸術家である飯田操朗君を如実に物語つてゐるものと云へやう。

『驢馬』第二巻第一冊終刊号（通巻七号）、昭和十二年四月

偏綺館れびゆう

A

五合に五合を加へ、一升になる。
此の一升をやるために、人間が一生馬鹿になる事がある。

B

彼女は僕の意中の愛人であり升が、市内電車のやうに、いくらでもお客様を詰込める心を持つてゐた。

C

◎説明行進曲
九十九度八分と云ふ殺人的な暑さにもかゝはらず、その日は満員で観客が暗室の中の現像液のやうに、淀んでいた。

享保惜春賦と云ふ深刻な時代劇が終ると……軽いユーモアにみちた如月敏独特の「オヽ妻よ」と言ふ新婚物の甘つたるい喜劇がスクリーンの上に明るく、映し出された。客席からは待兼ねてゐた様に起る拍手が軽快な伴奏のメロディーにのつてダブつた。

ステイヂの横側には説明……村雨春風と書かれた文字が緑色の光線に浮き出された。

カーテンを展いて説明台に就くと彼は、

「爪磨き《マニキュア》の女《ウーマン》……諸君軽蔑する勿れ。職業こそ爪アカにヨゴレテ居れど、彼女は純情なバージンである」と、しヅカな調子を発した。だが、惜しむらくは、余りに低声だつたので笑つてくれたのは、ホンの前の方で見てゐる人々に過ぎなかつた。満員で立つてゐる後方の人々には聞えなかつたらしい。すると其人の中から突如、罵声が響いた……

「しつかりやれッ！　聞えないぞッ！弁士、もつと大きな声を出せ……」

説明者と云ふ神経質なものは、イヤ大概の活弁は、そんな事を云れて出鼻を挫かれると直にかつとのぼせあがつて一段と調子を張り上げてウナルか、サモなかつたら弥次つた客に対して、やかましい、だまつていろ……とドナリ返す……が……どうしたものか、ハタマタ、いかなる天魔が魅入しか、村雨春風君はオチツキ払つて、さうして、よく透る声で、間髪を入れずに突込んだ。

「エ！……どうか、おしづかに願います。あとからぼち〳〵聞えるんでありマス……」

俄然……満堂哄笑……映画はそつちのけで館内は崩れるやうな笑声のヂヤズだ……

『風と雑艸』創刊号、昭和五年一月

カツベン行進曲

人の寿命は五十年、いちにんまえで通るのは兵隊検査から、どうせ三十年そこそこなのだから、「その人生をバラ色に面白く、愉快に」とは関西カツベン界の悲劇弁士として赫々《かくかく》たる片桐健作という大先輩が微醺《びくん》をおびた時の言い草であった。

彼は当時新開地の第一朝日館で主任弁士を勤めていたが、あるとき新聞社主催の「活弁競演大会」があり、彼はリチャード・バーセルメス、リリアン・ギッシュ主演の「散り行く花」を説明、これがまた哀調切々の大熱弁で、ために ジ・エンドの後も感動さめやらず満場しばしスズリ泣きがやまなかったほど観客を魅了したものである。その哀艶きわまりなき美声に至っては、花隈、福原のきれいどころから逆に貰いがかかるテイの恐るべき威力を発揮した。

常に柳川春葉の「生さぬ仲」という通俗小説を愛読し、この辺からお客を泣かせる要素を発見していたようである。かつて母性愛映画の先駆をなした、「オーバー・ザ・ヒル」が上映され、この映画について来た東都説明界の重鎮たる石野馬城と声覇を競うことになり、あらんかぎりの名調子を張り上げて、老若男女から青年子女の紅涙をしぼり、重鎮馬城をノックアウト。おかげで大入満員盛況の三日目の夜、馬城氏はシッポをまいて忽然どろんと相成り、変って私が、「母の流す泪こそは宝石にもまさる尊いものであります」と説明して大好評をはくし、女性ファンから数々のラブレターをちょうだいした。

その当時は、欧州大戦後のバーバリズム景気で、日本は労せずしてボロイ儲けをし、船成金の内田信也を知らんかなどとうそぶくナンセンス成金が輩出して、ナンセンスという言葉を流行らせ、お次ぎは交番所の前でわざと革命歌を高唱して、検束されるのを誇りとするハシタナイ社会主義者が右往左往の馬鹿さわぎを演じるし、バット一個代で買える十銭雑誌などと新聞広告までして創刊した、「文藝春秋」は四段組三十二ページのザラ紙で、内容は片々たる感想と随筆の寄せ集め、そして文壇人のゴシップで読者の人気を呼んだが、とりわけ縦横無尽ハツラツの筆を「路上砂語」にふるい片っ端から斬りまくり、文壇人をふるえあがらせたのが直木三十二、後の直木三十五なる剣豪文士であった。

そのころアメリカ映画の影響をうけて創立された大正活映は、新進作家として売り出しの谷崎潤一郎書下しシナリオで、アメリカ仕込みの栗原トーマスを監督に迎え、日本で最初に女優を使った映画、しかも主演女優の葉山三千子がシマ馬のような海水着姿でハネ廻るというモダンな作品、「アマチュア倶楽部」は、当時としては破天荒なアイデアを盛った映画で、お客さんをアッと云わせた。すると松竹キネマもこれに対抗して、明大の一学生だった東郷是也（後の鈴木傳明）を抜てき主演させ、村田実の演出で製作した「路上の霊魂」は、従来の感傷と詠嘆に終始した邦画に新生面を拓いた、いわば現代映画のハシリとなったもので、そしてこのハシリによってハシなくも村田実は名監督とうたわれ、東郷是也が鈴木傳明となり、ホープスターとなったのである。

思想的にはアナ・ボル対立時代、一方に大杉栄の無政府主義運動が発展しているかと思えば、また一方では共産主義運動が蔓延しつつあった。

みなと神戸を彩る華やかな説明界で、片桐健作と並んで人気のあったキネマ倶楽部の山本陽逢は美文調の情緒テンメンたる説明で青白きインテリに拍手をもって歓迎されていた。

私や東夢外という純神戸ッ子の、神戸訛りをふんだんに連発した曲線的説明もまた大衆から熱狂的に愛好された。

さて、私は、「人生をバラ色に面白く、愉快に」というのを金科玉条にして、（くらがり）

から終始お笑い説明をぶッ飛ばし、当時大流行の連続冒険大活劇、追いツ追われツ手に汗にぎるスリルとサスペンスも明朗説明一辺倒でさんざんに笑わせていたが。そのころ大阪でユーモア説明などと唱え、私の説明口調をそのままやっているやつが現れたとき、なにごとによらず亜流を出すようになれば有名になった証拠で、お近いうちにいいことがありそうな予感がしきりにしていた矢先き、大阪千日前の敷島倶楽部へ転任した片桐さんが私を呼び迎えてくれた。このシキシマは場内も広く、おまけに観覧席が三階建で、ちょっと圧倒されそうになったが、主任弁士の楠弘葉さん（現・松竹京都の演技専務）が、お客なンて映画館に入ると学者も労働者も男も女も一つの線に落ち合っているんだ、恐れることなんかあるもんか、舞台度胸をタメス好いチャンスだと唾を飛ばしてさかんにケシかけられ、ステージに立つや、神戸弁丸出しの駄洒落をぶッ放して熱演すると、効果テキメン、拍手爆笑鳴り止まずという仕儀だった。

ところで、このじぶんの生活費だが、私は敷島の楽屋で寝起し、食事は南隣り角の、「いづもや」からうなぎどんぶり（十五銭也）をとるか、これに似たようなもので間に合わせていたから、八十円のサラリーと二十円近い大入袋なるものを頂戴すれば、煙草やコーヒ代を勘定に入れても、赤い灯、青い灯、のきらめく夜ともなればアバンチュールを求めて道頓堀をさまよい、カフェー行けば、ハイカラ髪に真白いエプロン姿の女給からもてはやされるやら、何やかやらとそれからそれへ浮名を流して、大いに絢爛たる青春を謳歌した。

こうして、舌三寸を資本にお喋り人生のスタートを切って、トオキー出現の昭和八・九年頃までの二十数年間を、胸一杯口一杯の欠伸をし、したいざんまいに暮して来たが、これも芸道の並々ならぬきびしい「かんなんしんく」のおかげで、人の寝しずまる深夜、鷹取山上で大声を張り上げ、雨の日は番傘片手に須磨の海辺に立ち、「君知るやハルカ南、オレンヂの花咲く国」などと、雨にもめげずわめき散らし、のどから血汐の吹き出るつらい活弁修業。夜おそくというより、朝早く帰るのをあれやこれやと案じてくれたおふくろのことが、私はいまだに忘れられない。もう二十年も前に亡くなったおふくろである。

『半どん』一〇号、昭和三十三年九月

赤い風車　ダオ・ジユウヴエ　詩村映二訳

花と石と

弾き返すようなピアノの響き、ヘレチックなロングスカートの世紀末的な哄笑、しらじらしいカーテンの思はせぶりなゆらめき、映えるシャンデリヤの薄化粧。

白いテーブルクロースの上に季節の花々が脂粉の風を怖れる。

ムーラン・ウジーユに巣喰う女達の顔。ヒロポンと精力過剰の顔、地球のようにふくれた性慾を吸集する脚　脚　脚　脚　脚　脚。

脚の下で全世界が踊る。世界が踊る――。

シャルル――シャルルはどこにいるんだい――

シャルル――もつれた脚、華麗に動く腰。ズロースの氾乱、赤い唇が笑う。

――いるよ。おい――ここだよ。

放散する愛情、積年の労苦に歪んだシャルル。シャルルは愛情の海に沈む。

性慾的老衰の駈足。女は毎日凋んだ花だ。しかも、すりへらして行く肉体に膨張する愛情、放置された石。石の如くシャルルはコーヒをのんでいる。

今日——これだけしかないのよ。

遠い生計の道。やせた手と手とを往復する金貨。——帰えっておやすみ、あたし直ぐ帰えるから——

あゝ。無茶をしないでネ。

若いシャルルの破れた靴、脂粉の凮は破れた靴を黙殺する。

ムーラン・ウジーウに巣喰う女達の顔。ヒロポンと精力過剰の顔、地球のようにふくれた性慾を吸集する脚　脚　脚　脚　脚　脚。

で全世界が踊る。世界が踊る——。

乙女の花

ちびたパステルで
女学生のピクニックを

スケッチしたら
春風はセンチメンタルな
色を出した。

摂理

きびしい深緑の奥で老樹は生きている。
その蔭で草々は青年の如く延びて行く。
陽はささないが
おだやかな生活

奥の細道をもみくしやな紙ぎれが風に
吹かれてころがっている。

みんな眼を閉ぢていよう。

「ダオ・ジユウヴエについて」

日本にはまだ紹介されていない、おそらく僕が初めてだろうと思う。フランス文壇の新人で、かのマルキ・ド・サド公にも匹敵する猥文学の奇才。同時にジヤン・コクトオのようなセンスをもっている。もちろんコクトオのグループの一人で、彼のスイセンで、「ラ・リテラチュール」に初めて小説「ハレムの貴婦人」を発表して注目を浴びたが、褒貶甚だしく、巴里全市の婦人達から総攻撃を受けたものである。

まだかって無名のころ、モデル問題から勲章剝奪事件を惹起し、いちやく文名を全ヨオロッパになびかせた、かの「ガルソンヌ」の作者V・マルグリットの男妾になったこともあるという、したたか者である。

なんにしても奇異な認められかたをしたダオ・ジユウヴエは今日サルトルやカミユに比肩せられフランス現代文学に一ツのジエネレーションを劃そうとする特異な作家である。

ここには、「ラ・リテラチュール」に出た「赤い風車《ムウランルウジユ》」を訳出した、いづれ、「ハレムの貴婦人」を訳したいと思っている。

『半どん』創刊号、昭和二十八年十月

◉参考作品　水蔭萍（本名、楊熾昌）

詩村映二（作品「仮説」「退屈」四四〜四五頁参照）と台南の風車詩社の楊熾昌（ペンネーム水蔭萍）の作品「風邪の唇」が同時に並ぶ鳥羽茂編集の『詩学』第七冊（昭和十年十一月）。引用は第三詩集『燃える頬』より。

風邪の唇
　　—匂へる海辺…

白昼《まひる》の昏睡へ堕ちる水脈《みを》の習性
樹海をわたる風
青樹を濃影《かげ》に仮眠《ねむ》る少女
種族の香気にいろどる燕脂の葩が白い歯を抱いて萎れる
季節《セエゾン》は砂浜に遊戯《たはむ》れた

女の裸身に明るい海気のノスタルヂアが徐ろに疾む
砂床に痛められた肌
輝かしき真紅の口唇の粧へる思念は不死の薔薇の音楽
雲と波が漂泊《ただよ》ふ回帰潮流の圏線
少女は粗い本能を呼びながら傷いた唇で青褪めた実を食む

—一九三五・九月

＊

『詩学』第九冊（昭和十一年一・二月合併号）から。詩村映二は作品「青い村落」（五四頁）参照。

亜麻色の祭歌

——*Les Amours Perdus*

花籠の果実。
青樹のスコールは夜空の星座をよんだ。

裂かれた凪の匂ひ。
疾める花の日に尼僧はホン〳〵と古弦を鳴らし、太洋の月はボヘミヤの綿帽子をかぶつた。

愛は祭堂に燃え、
尼僧は白蠟のやうに祭祠をよんだ。
傷だらけの歌の幻。堂房の壁画を見つめ、
冬ばらの陰影《かげ》。静脈に顫へる血の華に、
尼僧の生誕日は柘榴の花と恋。

*

詩村映二は『驢馬』第三冊（昭和十年九月）の「詩誌散見」で、竹中郁らの『羅針』、岬絋三らの『牙』を採り上げ、『媽祖』（第五冊）の水蔭萍の次の作品に触れている。

静脈と蝶

灰色の静謐《セレニテ》がたたく春の息
薔薇の花が薔薇畑におちる
窓の下には少女の恋と、石英と剝製心臓の
メランコリイ………
オルガンをひいて私の眼瞼に青い涙がこ
ぼれおちた

ベレ帽の悲しき負傷
庭園には蜩《かなかな》がないてゐる
夕暮の中に少女は浮いた静脈の手をあげる
施療院の裏林に古風な縊死体
蝶は青い裳のヒダをぬつて飛んでゐる………

——一九三五・三月

さらに『驢馬』に言及する水蔭萍の読書ノート「秋窓雑筆」(『台湾日日新報』昭和十年十月三日)がある。そこに、梶井基次郎の『檸檬』、岩佐東一郎、城左門編集の『文藝汎論』、恩地孝四郎の『書窓』(アオイ書房)などがとりあげられ、詩村映二の『驢馬』の編集姿勢に水蔭萍は触れている。

また西川澄子編集発行人の『媽祖』(第六冊、昭和十年九月)には水蔭萍と詩村映二のほか、伊良子清白、堀口大學、萩原朔太郎、西脇順三郎らが西川滿の詩集『媽祖祭』の書評を寄せている。

*

水蔭萍の第三詩集『燃える頬』(装本楊熾昌、河童茅舎、一九七九年十一月、非売品)のあとがきから。

(前略)戦前七十五部の限定出版した第一詩集「熱帯魚」は新鋭画家福井敬一君の装画でボン書店より出されたが絶版、福井君の消息も不明である。続く第二詩集「樹蘭」は自装の小型版。

この詩集は以後のものを戦禍を免れた友人のスクラップブックから当時日本の詩壇に関係した、「詩学」、「椎の木」、「神戸詩人」に発表した作品と台湾の「媽祖」、「華麗島」、「文芸台湾」、「風車」等の文芸誌及び台湾日日新報、台湾新聞、台南新報等の日刊紙文芸欄に載つたもののうちからこの集を編んだ。（以下略）

◉解題

雲の精神

季村敏夫

青年活弁士[1]

活動写真に魅入られた青年（表紙写真）をみていただきたい。温泉にでも浸かっているのだろうか、がばりお湯から顔を突き出す、あどけないが、神戸弁のバラケツ（薔薇と尻）を演じている。この気取り、聖と俗、排泄という恥ずかし姿を跳ね飛ばす快活さが、湯気のなかの白い歯にあらわれている。社会的なハンディキャップにめげることのない小僧っ子だったたに違いない。[2]

昭和二十年代後半を思い出す。紙芝居のおじさんの拍子木、鞍馬天狗、するめ、酢こんぶ、抜き飴。空は高く、あちこちに原っぱがあり、夕闇が迫るまで遊び惚けた。ポートレートの背後に、わが腕白時代の記憶がほのみえる。

詩村映二（一九〇〇～一九六〇）、同年生まれに永田耕衣、三好達治、稲垣足穂、石野重道、衣巻省三、尾形亀之助、西東三鬼、アナキストの近藤茂雄（関西学院出身、俳優、神戸光）などがいる（資料篇一四八頁）。

詩人としての初めての寄稿、「早春」（九頁）に、活弁のリズムがある。「汽車はスチョチョン、スチョンチョン」、心地よく響いてくるではないか。「春や春、春南方のローマンス」、吹かれていくのか風のまま、懺悔などさらさらなく、雨ふれば雨にうたれ、訪れるものに身をゆだねていた。

瞬間ということのふしぎと醍醐味を身体で知っていたのであろう。つかのまの夢であっても、その夢にあくがれ、現実の行為、一瞬が一瞬を追う非行の時を生き、喪失感すらかなぐり棄てた、だから身もこころもあどけないのだ。しかしそれにしても、「早春」の次の作品が凛冽たる北方とは、百面相だ。しかも、「世界の珈琲ハウスに拠り文藝を中心に凡ゆるモダニズムを収容する総合雑誌」というキャッチコピーのある『前線』に躍り出るとは（資料篇一九〇頁）。

無邪気なこの青年は、丁稚時代の幼い頃より社寺境内の猿回しなどの見世物興行に魅入られていた。たまの休日、奉公先近くの芝居小屋に翻る色鮮やかな幟にこころ踊った。とりわけ活動小屋の中に入りたくて、絵看板の前を両の眼をぎらつかせて徘徊した。学問やめてこちらを向きな、ほらねえさんが肩ふるわせて泣いている、晴天白雲、白いハンカチうち振りながし、素っ頓狂に転げまわればそれでよし。

巷《どべた》のひとであった。高等教育の鎧を離さないインテリ《えらいさん》から隔絶したマージナルな場所、江戸期の遊芸の息が踊る新開地、湊川が根城だった。「舌三寸を資本にお喋り人生のスタート」（一〇一頁参照）を切った口舌の輩。皇国日本が隣国に対し、強国として侵略を重ねる時代、鼻ではなく口で呼吸するものとして、身振り手振りでまくしたて、汗で湿っぽいオザブから立ち上がるねえさんの歓声をよすがとした。周囲はマージナルなひとびと、その日稼ぎの香具師、アナキスト、バラケツ、フラテン（ちんぴら）、掏摸（チボ）、博奕打ちなどがうごめいていた[3][4]（資料篇一八一～一八七頁）。

湊川新開地で出会ったのか、詩村には、アナキスト結社黒闘社の一員だった田代健（その後、上海の内山書店に出入りしていたが検挙され強制送還された。田代建とも）や無頼漢だった栗林幸之介（幸介、入営中脱走し敦賀で検挙）、画家の長谷川利行との交友があった。

お利口なタイプではなかった。湊川新開地の第一朝日館、キネマ倶楽部、有楽館、三宮神社境内の万国館、難波新地千日前の敷島倶楽部、姫路の南座などの活動小屋を転々、二十数年間、活動写真弁士（説明者）の日々を生きた。

出生地は確定できないが、加古川市内か兵庫県神崎郡神河町寺前であるとおもわれる。尋常小学校を出たかどうか、わからない。詮索など糞（ケツ）喰らえ、ぬかるみの陋巷を転げまわる活弁士の臓腑の気取りをおもうべきである。[5]

本名、織田重兵衛（法名、詩楽院釋重誓）、平成二十八（二〇一六）年二月二十五日まで、平敦盛の笛の眠る須磨寺に墓があった（関連年譜二二四～二二五頁）。

須磨寺には尾崎放哉が堂守として滞在していた。また、わたしの父母の墓がある。一族が眠るのは盛岡市の本誓寺だが、長男でありながら父は郷里を棄てたので、淡路島のみえる丘に新たに墓を設えた。その一角に詩村も眠っていたとは、奇縁であった（考えあぐねたとき、わたしは須磨寺の父のもとに行き、線香をあげる。詩村さん、これからはあなたのもとにも）。

表紙写真には詩村映二とサインがある。詩の村、なんという気負い、無声映画から映の一字を抜き捕っている。活弁士の稲妻捕り。活動小屋で生きる日々に自ら命名したとは微笑ましいではないか。今回四十五篇の作品を収録したが、作品のレベルは問わないでいただきたい。詩篇にみなぎるのは、あくがれのまま、舶来品を素手で受容した姿であり、独特の気取りがみなぎり、しかも泥臭い。活弁士として生きる日々が学歴コンプレックスなるものを粉微塵にしたようにおもわれる。第一次世界大戦後に流入した西欧の思潮が、巷を這《どべた》いずりまわる下層の民にどう刻印したのか、この一点でとらえると、浮かび上がる像がある。

入浴中の撮影時期は第一次世界大戦の前後であろうか。湊川新開地の松竹座の次席弁士だった小島昌一郎（一九〇三〜五七、資料篇一五六頁）の長女小島のぶ江さんが、たいせつに保管する二冊のアルバムのなかの一枚である。昭和二十（一九四五）年六月五日（野坂昭如の『火垂るの墓』も同日）の神戸空襲の後、アルバムから写真を引き剝がしリュックサックに入れて母とともに熊本に疎開、炎上を回避した奇跡的なドキュメントである。

早春のある日、宝塚市在住の小島のぶ江さん（齢八十九）をたずねた。父小島昌一郎さんの遺影が掲げられる部屋のどこかに、詩村映二の魂も同席していたとおもう。数日後、のぶ江さんは詩村の長女伸子さんでは、そんなおもいが去来した。[6]

後にこの青年は台南の風車詩社の楊熾昌《ようししょう》（一九〇八〜九四、筆名、水蔭萍《すいいんひょう》）らと雑誌を通じて交流することになるが、話を急いではならない。[7]

ある説明者

道頓堀の松竹座の主任弁士だった松木狂郎（資料篇一五三頁）によれば、明治三十年から四十二、三年頃まで、弁士といえば香具師、赤いチョッキに赤ネクタイのお道化もの、呼子の笛やラッパを持ち、「もうひとつ」のお呼びがかかれば、何度も笛を吹き、高らかにラッパを吹き鳴らした。大正に入れば、赤チョッキも赤ネクタイもかなぐり捨てられ、フロックコートに山高帽という姿にかわった。そして、大正四年から十四年に至る約十年間が最盛期で、人間の力強い声が館内に響き渡っていたという。[8]

松木狂郎門下で、里見義郎（資料篇一五七頁）の弟弟子の道頓堀朝日座主任の伍東宏郎《ごとうこうろう》（資料篇一五八頁、一八九四～一九五〇）について、現代の活弁士片岡一郎のレポートを紹介したい。[9]

年齢は詩村映二より六歳上、明治二十七（一八九四）年、兵庫県新温泉町浜坂の生まれ、森下家の養子となり、小学校を出てから鳥取の駄菓子屋へ丁稚奉公、その後大阪に出て帽子屋の店員を経て説明者に。阪東妻三郎主演の『尊王』（志波西果監督、一九二六年）の「東山三十六峰静かに眠る丑三つ時、夜の静寂を破って鳴り響く剣戟の響き」という活弁は評判を呼び、女性の喝采を浴びたが、トーキーの出現で職を失ってから転々、総力戦下のシンガポール（昭南）で料理店を営んだりした。敗戦後は高橋鶴童や里見義郎らと劇団「笑いの百貨店」を立ち上げるなど奔放な生涯だった。「声量はけっしてゆたかとはいえない。しかし、一種頽廃美をもってイメージを躍動させる。その発声はヨーロッパのそれには全然ないもので、あきらかにナニワブシの系列に属し、声もつぶしている。それは同じ活弁でも、チャップリンの喜劇ものには落語が、外国映画には新派が基調になっているのとくらべると、いっそうはっきりする。伍島はそのころの村田英雄ではないかと思った」と足立巻一は書き留めている[10]（『大衆芸術の伏流』理論社）。

詩村映二は、どうだったか。伝記的なことはほとんどわからないが、百箇日法会の寄せ書きに長女は、愛する父、軽蔑する男と書き記している。

トーキー反対争議

その詩村だが、昭和七（一九三二）年五月、姫路の労働争議に関わった。トーキー反対の闘争である。昭和七、八年にはトーキー（サウンド映画）は進展し、無声映画は見る間に追いやられてしまった。当時の新聞に、活弁無用、これからは発声映画に、このような活字が大きく掲載された。詩村映二をとり巻く環境も時の流れに無縁ではあり得なかった。姫路の松竹座、南座、白鷺館の映画三館の活動写真弁士、伴奏楽士、映写技師、下足係、もぎり（テケツ）、場内案内係（お手ひき、お茶子さん）の解雇紛争を巡り、八十余名によるゼネラルストライキ（資料篇一七五〜一七七頁）が決行され、詩村はこの激流のなかに身を置いた。[11][12]闘争の渦中に三篇の詩を寄稿する（第三次『神戸詩人』七号、昭和七年五月）。マイナーポエットの誕生である。引いてみる。

海月と詩人
——故生田春月をうたへる——

港の青い水面に海月《くらげ》は
死の秘密を発表する

幸福を望んで水死した
詩人《ニヒリスト》の弱さを
ここに御報告申上げます——と。

マダムと葵

葵の花が
マダムの唇のやうに
紅く咲いてゐた

ヒステリーを御用心

幸福な虚無

　光本兼一兄へ

タバコを喫つてゐる時の忘却は
ボクを救ひ
灰になると現実はけむりのやうに

ボクを困らせる

活弁士とシネポエム

詩村映二と竹中郁（一九〇四〜八二）、ほぼ同時代を生きたが、四歳年長の詩村は細民、社寺境内の蛇女やのぞきからくりなどの見世物興行に陶然とするが、竹中郁は高雅温厚、海に向くテニスコートのある家で育った「ええしのぼん」。明治以来の帰朝者のひとりで、第一次世界大戦後のパリ・ダダ、ブルトンらの『シュルレアリスム宣言』に身をさらし、パリから帰国、四冊の詩集、『黄蜂《くまばち》と花粉』『枝の祝日』『一匙の雲』『象牙海岸』を上梓、マン・レイから触発されたシネポエムという実験作を提示していた。海港都市の片隅を生きる詩村映二は視野に入らなかったとおもわれる。しかし、作品のレベル云々をこえ、活動写真弁士の詩は痛快である。

生田春月（一八九二年鳥取県生まれ）が大阪発別府行の船から瀬戸内海播磨灘で投身自殺したのは昭和五（一九三〇）年五月十九日、当時の文学青年に甚大な影響を及ぼした。大阪、神戸、姫路で活動写真弁士として転々、社会の底辺で前のめりに生きる詩村はすかさず反撃した。

ほのかに匂う酢こんぶ、するめ、ラムネ、ミカンスイ、大正ぽんぽん飴、片隅からは小便の臭い。そのなかで「舌先三寸」「神戸弁丸出しの駄洒落」「人生をバラ色に面白く、愉快に」、艶っぽいご婦人から喝采を浴び陶然とする活動写真弁士の断面が浮かびあがる作品である。

光本兼一（神戸市兵庫区東山町二丁目二六五）は詩村が寄稿した第三次『神戸詩人』の編集者、ボン書店の鳥羽茂にどこか似ている。居宅は神戸詩人協会の事務所でもあった。あくる昭和八年、詩村の作風は変貌を遂げている（『神戸詩人』一四号、昭和八年七月）。

催眠術

少女はパラソルを斜めに廻しながら
ぴかぴかと坂路を下りて来ます

一疋の蝶の色彩に移動する白い雲

望遠鏡の中にあかるい遠景が
催眠術にひつかかつてゐます。

せわしなく歩きまわるとき、雲など見向きもしない。ところが雲の方には途轍もないエネルギーがあり、ときに放電する。この小品では、雲のエネルギーは天空に退いている。雲のなかに自らを消去したのか。艶女は少女に、労働争議は遠景に、記憶のすべては催眠状態。おもえば、映画は催眠術、薄暗い部屋から抜け出ても、夢のまどろみがまとわりつく。スクリーンの接吻に交接の欲動が起こり、抑えかね、夢のさなかに一層踏み迷う、催眠術をひきだしたのは、モダニズムとの渾身の出会いでなくて何であろうか。

魔術を獲得すると、時空を超えることができる。過去と未来が沸騰する現在から離陸、地にしがみついていた詩村はしなやかに舞い上がる。俯瞰すれば、政治行為と詩作との距離に気づかされる。同じ号に発表されたエセイ(八三〜八五頁参照)でポール・ヴァレリーを借り、自らを蝶、空中に浮動する白い雲になぞらえる。活動写真弁士が論じるヴァレリー、ことほどさように、第一次世界大戦後に海をこえてきた欧米の新精神、レスプリ・ヌーボーはあくがれであり、社会の底辺で生きる青年の心身を羽交い絞めにしたのである。

夭折した画家飯田操朗からプルーストとヴァレリーを学んだらしいが、詩村の精神はヴァレリーのどの記述にスパークしたのか。「テスト氏」の「友の手紙」(小林秀雄訳)には「僕達は雲に近づいた。様々な名前が光り輝いていた。色褪せた名前もあった。政治や文学の流星が空にいっぱいであった。襲撃はぱちぱちと音を立てた」とあるが、ここではないようだ。「ヴァレリーは浮動する白い雲の精神を悲劇的に経験した」と書き、つぎに、「彼は悲しみながら詩神の翼に身を固めはじめた」と刻む詩村は一体なにものなのか。二十数年に渉る活動写真弁士の日々の果てに到達した境地がここに示されるが、驚嘆する以外ない。

あるいはある日、飯田操朗が語ったことを要約したのかもしれない。画家との出会いは作品「催眠術」を発表した昭和八(一九三三)年五月である。それにしても、活弁士詩村は覚醒している。狼藉、快楽、口先三寸、空中に放たれた累々たることばの死骸、その死骸に息を吹きかける日々がポエジーを育んだこと、あらためておもう。

明治末年の二流の活動小屋の客席には、木の根っこが露出していたらしい。根は人間の営みを生きかえらせる。土壌を突き破る木の根は世界の中心であり、小屋をとり巻くすべてを支えていたとするなら、不敵な笑いの青年の感覚は根の産物であり、根っこのエネルギーに促され、天空の雲に包まれたドラマを演じたのだろう。

マイナー・ポエットの戦後

昭和十六（一九四一）年十二月八日、日本軍は真珠湾奇襲攻撃、日米開戦となった。翌日、詩村映二は検挙された。反戦容疑ということだが、どのような尋問があったのか、その後、詩を発表することはなかった。友人の大半は獄に繋がっていた[13]。

権力に昂然と挑む詩村の面構えは変貌、不敵な笑いは消失した。いつ出獄したのか、どう時世に堪えていたのか、足跡をたどることはできない。敗戦後、といっても十五年の歳月だったが、映画と詩に導かれた時間は焼尽、形骸をさらした。さらに、筆舌に尽くしがたい出来事が家族を襲ったとおもわれる。

散文が数篇遺されている。そのなかで本邦初と気取り、ダオ・ジユウヴエなる詩人の作品「赤い風車」（一〇二～一〇五頁）を訳し、未見だが、玉蟲三四郎なるペンネームで探偵小説『怪奇探偵捕物実話』（新開地、上崎書店、昭和二十二年）を上梓している。無邪気な奔放、その最後の光芒だが、ジュウヴエ、詩村の名は重兵衛である、韜晦でなくてなんであろう。

上崎書店は現在も湊川公園から少し下った新開地本通りの西側にあり、辺りはかつて香具師の露店が百本ちかく並んでいた。平成十九（二〇〇七）年の夏まで、ストリップ劇場（神戸第一劇場）があった。本通りの東側にはピンク映画専門館（福原国際東映）があり、ソープランドとピンクサロンが密集、張り番のやりて婆さんの姿はないが、黒い背広のお兄さん《ポン引き》が手招きしている。

新開地でパフォーマンスがあった。二〇一九年の秋のことである。二人の美術作家、ドイツのグレゴール・シュナイダーと神戸出身のやなぎみわによる実験だった。シュナイダーによるパフォーマンス、災厄以降、復興からとり残された新開地のアパートの一室で行われた。グローバリズムに背を向ける万年床、ペットボトルや漫画に囲繞される男の背中。沈黙の背中が演じられた。実験は、美術館の終焉をテーマにしたアートプロジェクト神戸『ＴＲＮＳ―』（ディレクター林寿美）の十二の作品のひとつである。もう一つの実験は、やなぎみわ演出の野外劇、中上健次原作の『日輪の翼』。舞台は台湾製の特注トレーラー、フォークリフトの行きかうなか、人工の夏芙蓉が置かれた。お洒落でモダンという常套句の発想が破砕されたことは言うまでもない。

潮騒に乗じた楊熾昌と詩村映二の魂も、台湾製のトレーラーのそばで踊ったであろうか。悠然と雲は漂い、やがて消失する。そしてまた、どこからともなく現れる。ときに頭上で旋回、災禍をもたらす。天空を忘れた地のひとびとは、のたうちまわる。生まれ死に、生まれ死ぬ、絶えざる生成、集結した水滴や氷晶はときに荒れ狂い、裁きのエネルギーを放射する。

詩村映二の雲をどう読みこめばよいのか。「精神は常に相異る精神の二つの方向を持つてゐる。我々はそのとき一片の白い雲に於いて純粋性や明確性をしか意志しない」、これが結語である。天空の雲こそ「完全な言語」だとし、糞尿の巷で転《どべた》げまわる果てに夢見た弁士の抽象、わたしはそう受けとめる。

「現実の事象からただ一つ純粋なものを抽出しようと努力」した片隅の詩人が手にした抽出、抽象的思考から遠い場所での抽象として深読みをする。その詩的直観の及ぶ領域は、本人のおもいを遥かに超えていたのではないか。

それにしても敗戦後の詩村映二は痛ましい。獄舎から放たれた総力戦下、陋屋の神戸から妻子をひき連れ姫路へ、妻子をのこし神戸、さらに加古川へ移動した。そして、無一物となって放り出された。詩村をふくめ、内地に生きる庶民の敗亡の記憶である。関わった活動小屋は、米軍による空襲で焼失、死屍累々、記憶はことごとく瓦解した。眼下に瓦礫の拡がる湊川公園で山彦書房と称し、戸板に古雑誌やゾッキ本を並べ、道行くひとに声をかけた。焼け野原の山彦、清々しいではないか。生前の長谷川利行から手渡されたデッサンやガラス絵などを売り歩き糊口を凌いだというが、その絵はどこにいってしまったのか。すでに活弁士の面影も、詩人の面影も消失、一個の人間の面《つら》をさらした。しかし、それにしても、「カツベン行進曲」、何度読んでも心地よい。

　タバコを喫つてゐるとき
　私は移動する白い雲である。
　　　　　　　　　　　「秩序」(二二頁)

忘却に抗う発想に慎重になりながら、編集作業に着手した。詩人はこの世に居ないが、過去ではない。詩村映二の墓は撤去されたが、現在のただなか雲は浮かび、雲は漂う。
その空の真下で移動する身体に、忘却の彼方からウイルスは襲う。気づけば、全く違った世界が出現している。しかし悪漢は行く、ストチョンチョン、すってんころりストチョンチョン。誰かが誰かをささえるために。息、粋、よみがえる声、活、カツ、ことば(声)は生きる。[14]

〔註〕

(1) 詩村映二の「カツベン行進曲」（九七〜一〇一頁）には邪気のない気持があふれるが、「弁士という称を好みません。まして活動写真の弁士といふ言葉を省略して『活弁』と略称されることは一種の侮蔑を感じます」と松木狂郎らは、自らを説明者として位置づけ、「説明者は堂々たる芸術家」であることを主張した。（泉創一郎・里見義郎・大谷花亭・松木狂郎編纂『説明者になる近道』大正十五年三月、説明者同人会）。彼らの主張、声の身体となって神秘を説明する姿勢から、卑俗で高貴、精神の原初の活動を想起する。

(2) のじぎく文庫編『神戸新開地物語』（昭和四十八年）によれば、大正期に「曙団」、昭和期は「三日月団」と呼ばれるバラケツ集団が新開地を徘徊、曙団の服装規約に、ゲタ、帯、シャツは一定し、帯の色は白、その端を紫や赤に色あざやかに染めていたとある。詩村と同世代の稲垣足穂はバラケツの抽象性を生きた。「蝙蝠倶楽部」と称し、関西学院グループの石野重道、近藤正治、高木春夫らと奥平野から夢野周辺を徘徊した。

島尾敏雄（昭和初期、神戸在住）は開高健に神戸のバラケツはこう歌っていたと語る。「海がえらい荒れてるなア。今日なんか舟に乗ったらしごかれるでェ。ゴツン、ゴツンぶつかるやろ。／／チャーリキ、チャーリキ／スチャラカチャン／切られて切られて／血がだアらだら／／こんな歌知らんか？」（開高健『人とこの世界』ちくま文庫）。

大阪毎日新聞記者の村島歸之《よりゆき》著『わが新開地《顕微鏡的研究》』（賀川豊彦序、大正十一年十一月、文化書院）によれば、神戸市内の各警察署には不良少年台帳があり、当時登録されていたのは約二百五十名、そのうち男子は二百人余り。教育なく資産なきフラテンに比べ、バラケツは文化程度が高い、とある。

彼らが不良少年となる動機の第一位が活動写真の威化、次に、悪友の誘惑、貧困とある。

(3)　林喜芳によれば、大正初期の湊川新開地を闊歩した博奕打ちは町内のひとびとに自分の方から頭を下げていた。このことは折口信夫の、「江戸の文学は、歌舞伎者の文学、つまり無頼の徒の文学」に通じるものがある。その折口だが、ある日電車に座る長谷川伸の前に立ち、ていねいに名乗り、日頃その仕事に心からの敬意を払っている旨を告げ、深々と頭を垂れて立ち去った（山折哲雄『義理と人情』新潮選書）。

男性最高の快楽は落魄とした種村季弘は長谷川伸の随筆、とりわけ大道芸人について触れたものを好んだ。心太《ところてん》の曲突きや粟餅売りの曲投げ、埋もれてしまった道端の芸は貴重である。

多田道太郎は『複製芸術論』のなかで、北村透谷の「徳川氏時代の平民的理想」を次のように要約している。「やくざというのは日本の平民が太古以来はじめて自分自身の理想を自分自身の手でたてたものである。これを卑俗といい軽べつするのはまちがっている。」(「やくざ小説論―国定忠治の生き方―」)。

(4)「舌三寸」だが、補助線を引く。鶴見俊輔著『太夫才蔵伝』の第11章「にせものの哲学」に野坂昭如・野末陳平組が紹介される。野末陳平はストリップ劇場の台本書きから漫才に出会い参議院議員に。国会議員になっても「やあ、しばらく。また、逢ったね。忘れちゃ困るよ。ヘンな男、と自他ともに許すチンペイだあ。チンペイの名は、いまや、Hの代名詞みたいだな。みんながそう言うし、おれもそう思ってるから、間違いねえや。本もエッチ、週刊誌あたりに書くことも、しゃべることも、みんなエッチ。Hの王様たあ、おれのことだあ」とうそぶく。陳平・昭如合作の漫才から、「嘘は、人生のジュンカツ油です。常に真実と向かいあったら、誰だって、かたっくるしくて頭にきちゃいます。でも、どうせつくんですから、少しは考えた嘘、気の利いた嘘にしたいですね。嘘によって、その人の頭のグアイが判ります」、哲学者鶴見俊輔はこういうところを見逃さず抜きとっている。

(5) 本名だが、橋本政次(『近代播磨文学史』)は相馬維一とするが思い違いであろう(及川英雄、君本昌久、津高和一、安水稔和は織田重兵衛)。生年は明治三十三年一月十五日、橋本は明治三十五年四月。生地だが及川英雄は加古郡寺前町、君本昌久と安水稔和は加古川市寺前町、橋本政次は新潟県新発田市に生まれ、鳥取を経て姫路へ至るとするが不明である。加古川市には寺前町という地名はない、寺家町《じけまち》であろう。従って、神崎郡神河町寺前か加古川市寺家町、どちらかであろう。及川英雄は市立天王子中学卒とするが、市立天王寺中学の創建は一九四六年だから時代があわない。府立天王寺中学(現在大阪府立天王寺高等学校、同窓会が名簿を保管)の卒業者に織田重兵衛の名はない。通っていた尋常小学校の所在地、校名は不明である。呉服屋か海産物問屋に丁稚奉公、ある日活動小屋の絵看板にこころときめき、以後無我夢中になったのだろう。

先の村島歸之は、兵庫の弁士三一一名の学歴調査表を引き、中等学校卒業者は七名、中等学校中途退学者三六名、高等小学校卒業者七七名、高等小学校中途退学者四四名、尋常小学

校卒業者九七名、尋常小学校中途退学者四〇名とする資料を掲げている（『わが新開地』二三四〜二三七頁）。

(6) 小島昌一郎（資料篇一五六頁）は戦前の活動写真弁士。昭和四（一九二九）年に開館した湊川新開地の洋画封切館松竹座で西部劇や社会ものを担当（次席弁士）。映画界を離れた後は、二リーグ分裂前の職業野球に関わり、関西の事務局長を務める。脳出血により五十四歳で死去。長女の小島のぶ江さんは松竹家庭劇（座長、曾我廼家十吾）の女優だった。赤ん坊のころは、父が弁士をする松竹座の一室で寝かされていたという。そのとき、弁士の口調、観客のざわめきなどが夢と現のあわいから伝わり、舞台感覚を醸成したのではないだろうか。

なお曾我廼家十吾は「日本最大のにわか師」（桑原武夫）である曾我廼家十郎の弟子で、生家は湊川神社西門筋の橘通にあり、林喜芳は十吾の兄と露店商人仲間であった。また十吾の生家と福原遊郭（資料篇一八二頁）は目と鼻の先である。

(7) 楊熾昌（筆名、水蔭萍）の第三詩集『燃える頬』には初出誌情報がないので、どの作品が『神戸詩人』に寄稿されたのか、確定できない。第三次『椎の木』と第四次『神戸詩人』は全冊、第三次（全七冊）は二〇号を除いて当たってみたが、ついにわからなかった（一〇六〜一一一頁、参考作品参照）。

(8)　松木狂郎「映画解説の今昔」（『映画教育』第五十六輯、昭和七年、発行所、大阪毎日新聞社・東京日日新聞社）。松木狂郎は栃木県日光の足尾銅山近郊に生まれたが、父の事業破産、母の生地である大阪に移り、郵便局の事務員をしながら毎夜活動見物、見習弁士となる。花井三昌、山崎錦城、泉創一郎、松木狂郎らは関西を代表する説明者だった。

(9)　里見義郎は明治三十二（一八九九）年山口県生まれ。釜山の尋常小学校入学。十五歳のときに座員二十名ばかりの劇団に加わり渡り歩いた。釜山中学入学。谷崎潤一郎、正宗白鳥などを貪り読み、徳田秋聲をたずね門下となる。「説明は芸術である」「散る！飛ぶ！砕ける！君に、この悲壮な覚悟があるか」とする説明者の真髄を生きたひとり。小酒井不木《ふぼく》と交友があり雑誌『聲陣』を編輯、『獵奇』（獵奇社）、『映画時代』（文藝春秋社）などに随筆を寄稿している。徳川夢声によれば大阪説明者の人気男、詩人平井功の兄の正岡容《いるる》は「全関西の女学生たちの憧れの的」だったと紹介している（「わが寄席青春録」）。昭和二十五年三月二十四日、

「里見義郎の妻子ら心中未遂・京都」という記事がある(『新聞集成昭和編年史　昭和25年版2』)。

(10)　高橋鶴童「活弁伍島宏郎の死」(『日本新聞通信』昭和四十二年六月三十日)参照。

(11)　闘争スローガンの一つの「吸血鬼」だが、片岡一郎によれば、カール・テオドア・ドライヤー監督の『吸血鬼』(フランス・ドイツ／一九三二／七五分)を黒澤明の兄の黒澤丙午《へいご》(一九〇六〜三三、弁士須田貞明)がラジオ番組で解説している。須田貞明はトーキー反対争議に深く関わったが、カフェーの女給とともに服毒自殺。映画『吸血鬼』は資料篇一七六頁参照。

(12)　尾上明治『姫路労働組合運動史』(昭和十年五月、発行所、姫路市野里六八九、人生創造公論社、非売品)から、詩村映二らが起草したとおもわれる声明書を引く。

声明書
南座　松竹座　白鷺館
三館ゼネラル、ストライキ決行に際して全姫路市民諸君に訴ふ！

近時機械文明の急速度の発展はトーキー映画の製作完成と共に吾々映画従業員を馘首の運命に起たしめ三百万を超江る失業群の中に投出され様としてゐる。

吾々映画従業員は特殊の技能をもつて映画産業の一部門の役割を忠実に遂行して来た。

映画資本家共に××尽されながら××の如く仕へて来た。

然るにこのトーキー出現によつて必要を認めなくなつた吾々を彼等は口に主従、親子の情愛を説き乍ら雀の涙程の馘首手当で吾々は奴隷の如く右の頬を打たれて左の頬を差し出す愚を繰り返す必要を感ずるであらうか?

市民諸君!

諸君の正義観をもつて明らかに吾々の今日の争議が正当であると云ふことを認められるであらう。

かゝる暴戻無情の資本家の猛省を促す行動を!

死を賭しての血の惨む争議を!

全姫路市民諸君の圧力で勝利に導いて下さることを切望致します。

姫路南座松竹座白鷺館三館共同争議団本部

⒀　竹中郁の全集未収録作品を引く。真珠湾攻撃が報じられても、竹中郁は、塀の上をあやうく歩く一匹の猫を凝視、水の滴る音を聞いていたのだ。

十二月八日の朝

あの朝　塀の上を猫があるいてゐた
あの朝　厨に水のしたたる音がしてゐた
あの朝　子供は學校へ行つてゐた
この私が　はじめてラジオの叫びをきいた時
思はず大聲で「戦争だ」と叫はつた
とるものもとりあへず妻は神棚に燈明をあげた
ああ　あの朝の息もつがせぬ一瞬にして永劫の連續

歌誌『六甲』十二月号（昭和十七年）

(14) 解題を書き進めているとき、素晴らしい雲に出会った。関口涼子著『カタストロフ前夜―パリで3・11を経験すること』（明石書店）の一節だ。「雲を食べてみたい、そう思ったことがない人なんているのでしょうか」、「ただ、美しい雲が出ている日を選べばいいだけ」、忘れていた感慨、はっとした。嵐山光三郎の料理エセイから「ワンタン」を引き、汁とともに雲を呑む、「雲呑」、ふしぎな力をいただいたこと、書き留めておく。

＊資料篇

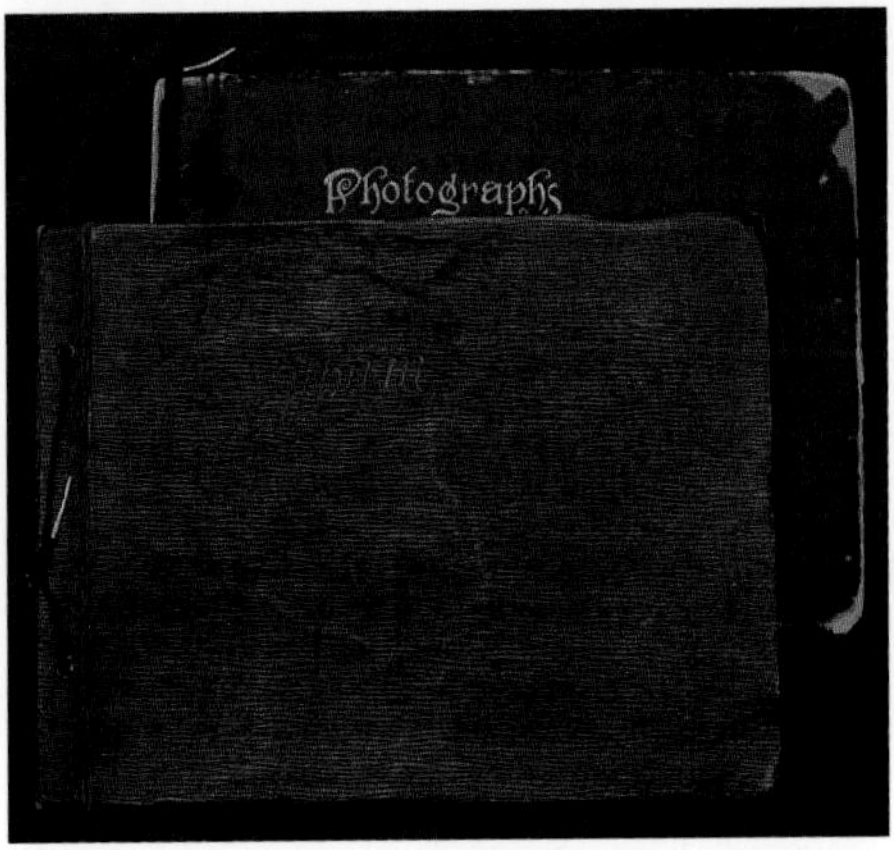

空襲の記憶が塗りこめられた
「小島のぶ江アルバム」二冊（約27.5cm × 36cm）
柳原一徳撮影

◉詩村映二関係

昭和6年8月　愛誦の集い　後列左から3人目が詩村映二
姫路文学館提供

上　昭和７年　小林武雄第一詩集出版記念会　喫茶カナリアにて
二列目右、詩村映二
市川宏三『たゆらぎ山に鷺群れて』北星社
下　昭和７年３月　姫路の竪町（現、立町）で喫茶カナリア開店
姫路文学館提供

昭和９年　活弁士仲間「中堅党」花見の宴　会下山《えげやま》公園（大正期はエンヤマと呼ばれた）左端、詩村映二　小島のぶ江アルバムより

故飯田操朗遺作展　昭和13年４月（於、姫路商工会議所）　前列左から、岬絋三、光本兼一、小林武雄、詩村映二。後列左から沢田良一、広田善緒、一人おいて中桐雅夫
伊勢田史郎編集『輪』23号（1967年７月、所収）
下　昭和16年に同人が検挙された『生活風景』（関連年譜221頁）

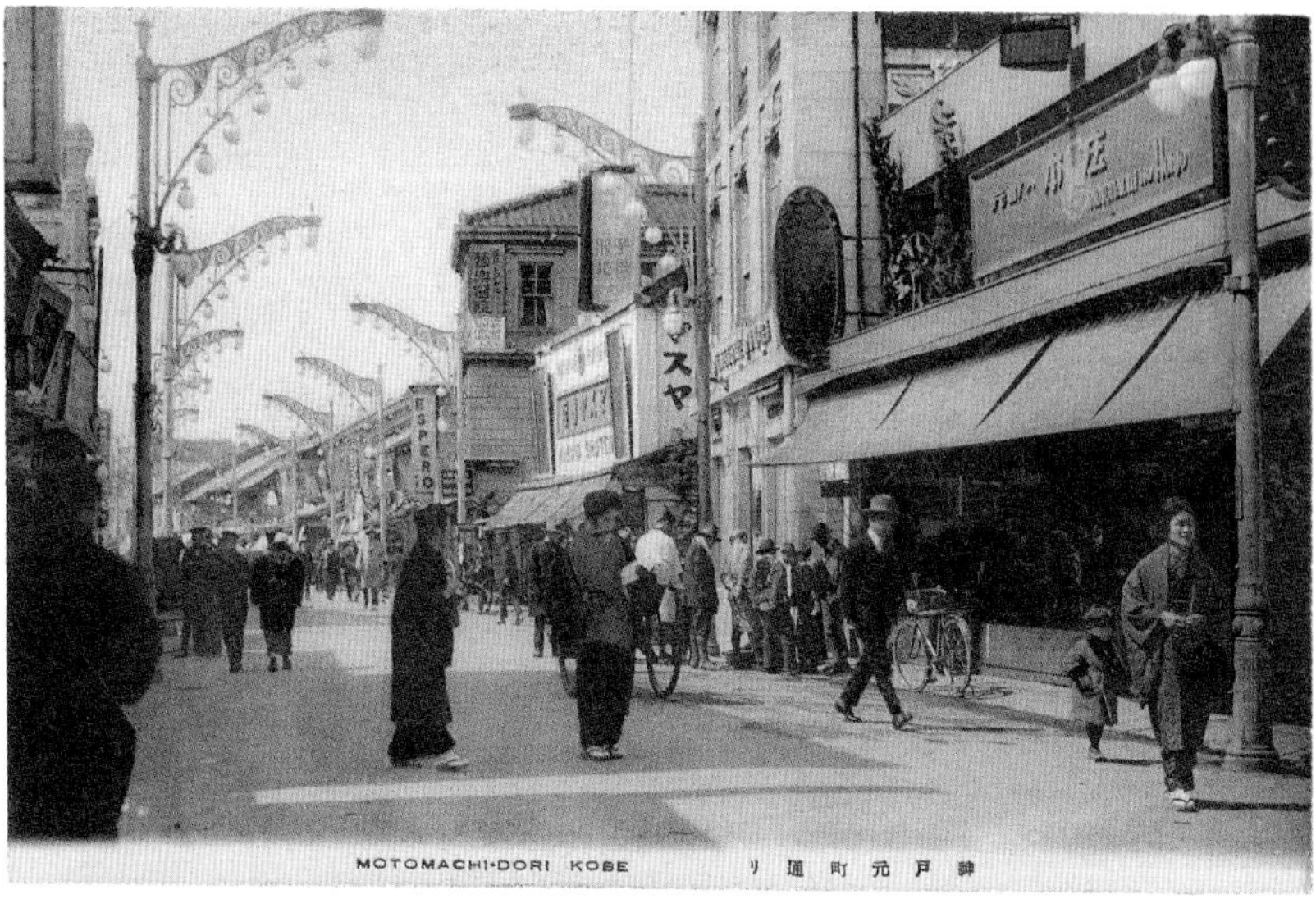
MOTOMACHI-DORI KOBE
神戸元町通り
ESPERO
スヤ

神戸元町通り　本庄

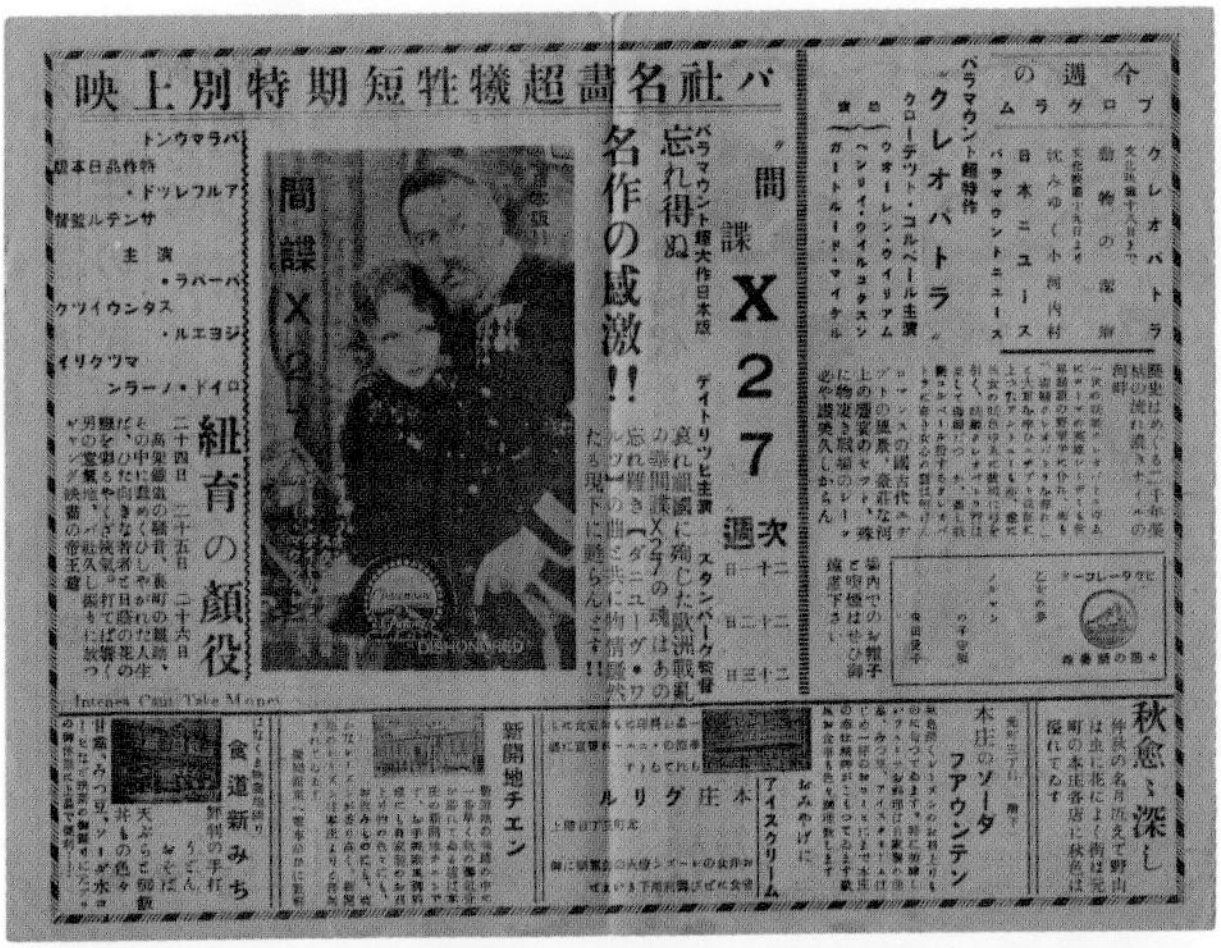

本庄映画場　神戸映画資料館提供

元町の本庄
本號の内容
本庄の果物御料理
本庄のファウンテンの特色
美味しいお飲物と召上りもの
本庄の西洋料理
クリスマスのサーヴイス
本庄のアイスクリーム
本庄商會
神戸市元町通三丁目
本庄のソーダファウンテン
年中無休
本庄自家特製のアイスクリーム　三十銭
風味、榮養、衛生に重きを置き毎日味の變つたものな四季自家特製し別に本庄製菓部の焼いたビスケツトをお添へして御給仕して居ります
アイスクリームソーダ　四十銭
アイスクリームサンデー　四十銭
チヨコレート　オレンヂ　マシユマロ
ピーチ　ストロベリー　ロガンベリー
お土産用に　御見舞用に
魔法瓶入　アイスクリーム
三人前　一圓八十銭
五人前　二圓七十銭

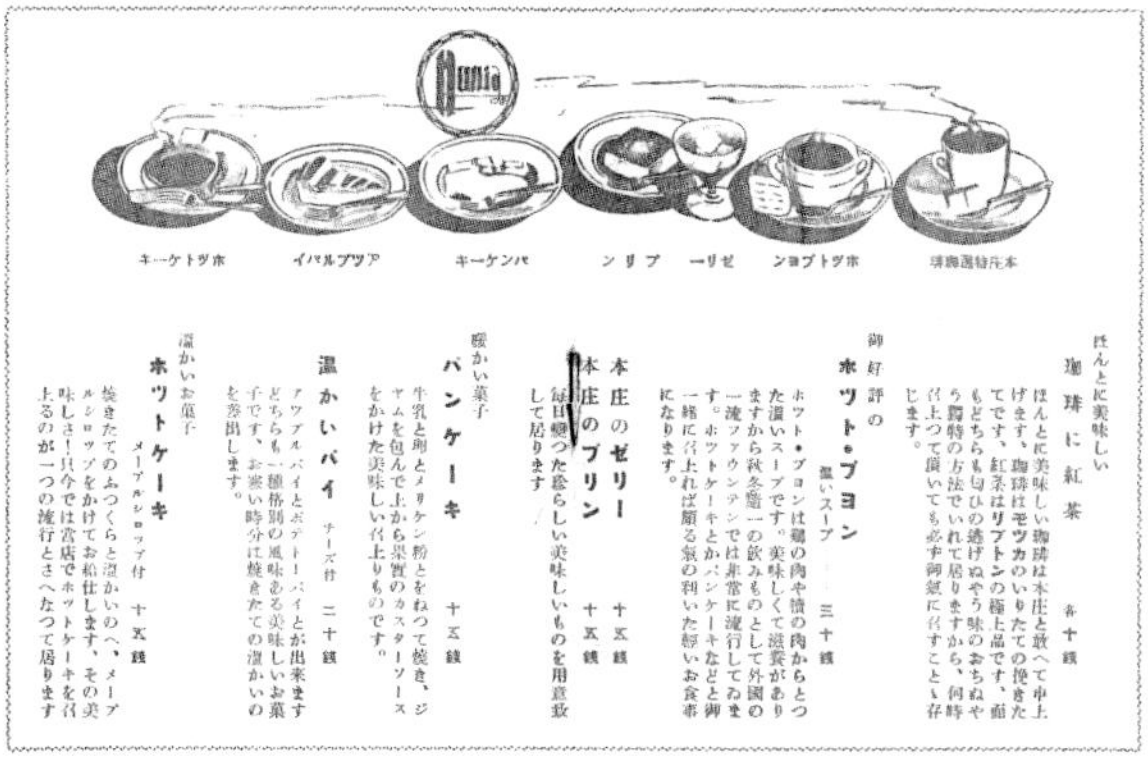
ホツトケーキ
アツプルパイ
パンケーキ
プリン
ゼリー
ホツトブヨン
本庄特選珈琲
ほんとに美味しい
珈琲に紅茶　各十銭
ほんとに美味しい珈琲は本庄と敢へて申上げます、珈琲はモツカのいりたての挽きたてです、紅茶はリプトンの極上品です、而もどちらも匂ひの逃げぬやう味のおちぬやう獨特の方法でいれて居りますから、何時召上つて頂いても必ず御気に召すことゝ存じます。
御好評の
ホツト・ブヨン　温いスープ　三十銭
ホツト・ブヨンは鶏の肉や犢の肉からとつた濃いスープです。美味しくて滋養がありますから秋冬盛一の飲みものとして外國の一流ファウンテンでは非常に流行してゐます。ホツトケーキとかパンケーキなどと御一緒に召上れば頗る氣の利いたお食事になります。
本庄のゼリー　十五銭
本庄のプリン　十五銭
毎日變つた珍らしい美味しいものを用意致して居ります
暖かい菓子
パンケーキ　十五銭
牛乳と卵とメリケン粉とをねつて焼き、ジヤムを包んで上から果實のカスターソースをかけた美味しい仕上りものです。
温かいパイ　チーズ付　二十銭
アツプルパイとポテトーパイとが出来ますどちらも一種格別の風味ある美味しいお菓子です、お寒い時分は焼きたての温かいのを差出します。
温かいお菓子
ホツトケーキ　メープルシロツプ付　十五銭
焼きたてのふつくらと温かいのへ、メープルシロツプをかけてお給仕します、その美味しさ！只今では當店でホツトケーキを召上るのが一つの流行とさへなつて居ります

元町の本庄　メニュー

近藤茂雄（後列左）、侠客の笹井末三郎（後列右から二人目）、詩人の
岡本潤（前列右）ほか
寺島珠雄編集『時代の底から　岡本潤戦中戦後日記』風媒社
（関連年譜213頁）

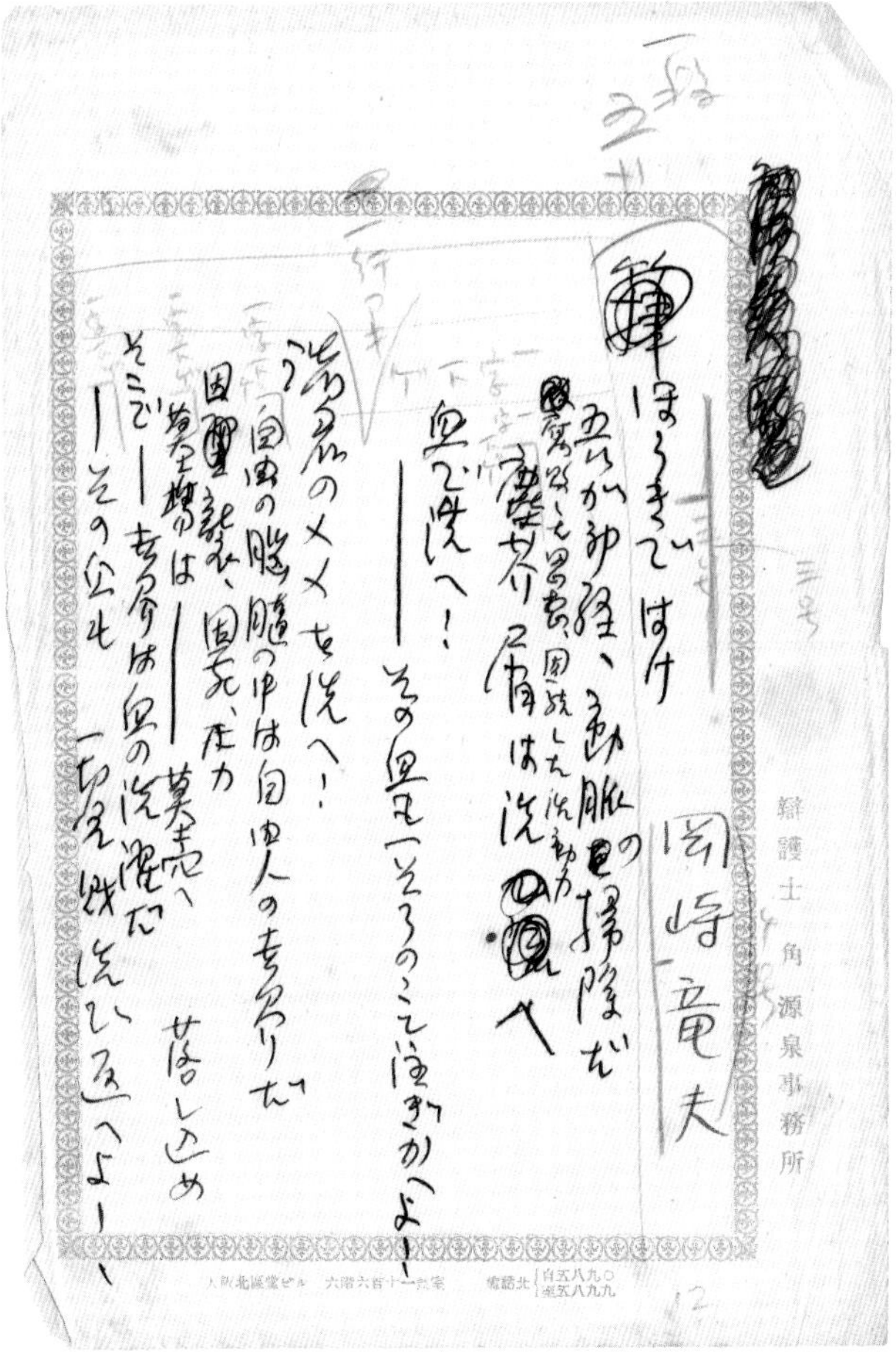

アナキスト岡崎竜夫の草稿「ほうきではけ」（関連年譜213頁）
「世界は血の洗濯だ」と書きつけている

『ダブルユー』第２号　東京市外高圓寺1026　編輯加藤陸三　大正15年３月　アナキスト岡崎竜夫が寄稿

◉活弁士——彼らはどこから来てどこへ消えたか

長谷川利行「二人の活弁の男」1932年（信越放送株式会社蔵）
『長谷川利行画文集　どんとせえ！』（求龍堂）

花井三昌　大阪朝日座、小島昌一郎の師匠、関西弁士協会評議員
以下、169頁まで小島のぶ江アルバムより

松木狂郎　大阪松竹座主任、関西弁士協会評議員

山崎錦城　大阪朝日座、関西弁士協会幹事

堀口美朗　神戸松竹座主任

小島昌一郎　神戸松竹座次席弁士　昭和８年、松竹座で

里見義郎　大阪歌舞伎座主任、大阪松竹座

伍東宏郎　大阪朝日座主任

高宮敬一郎

西田辰郎

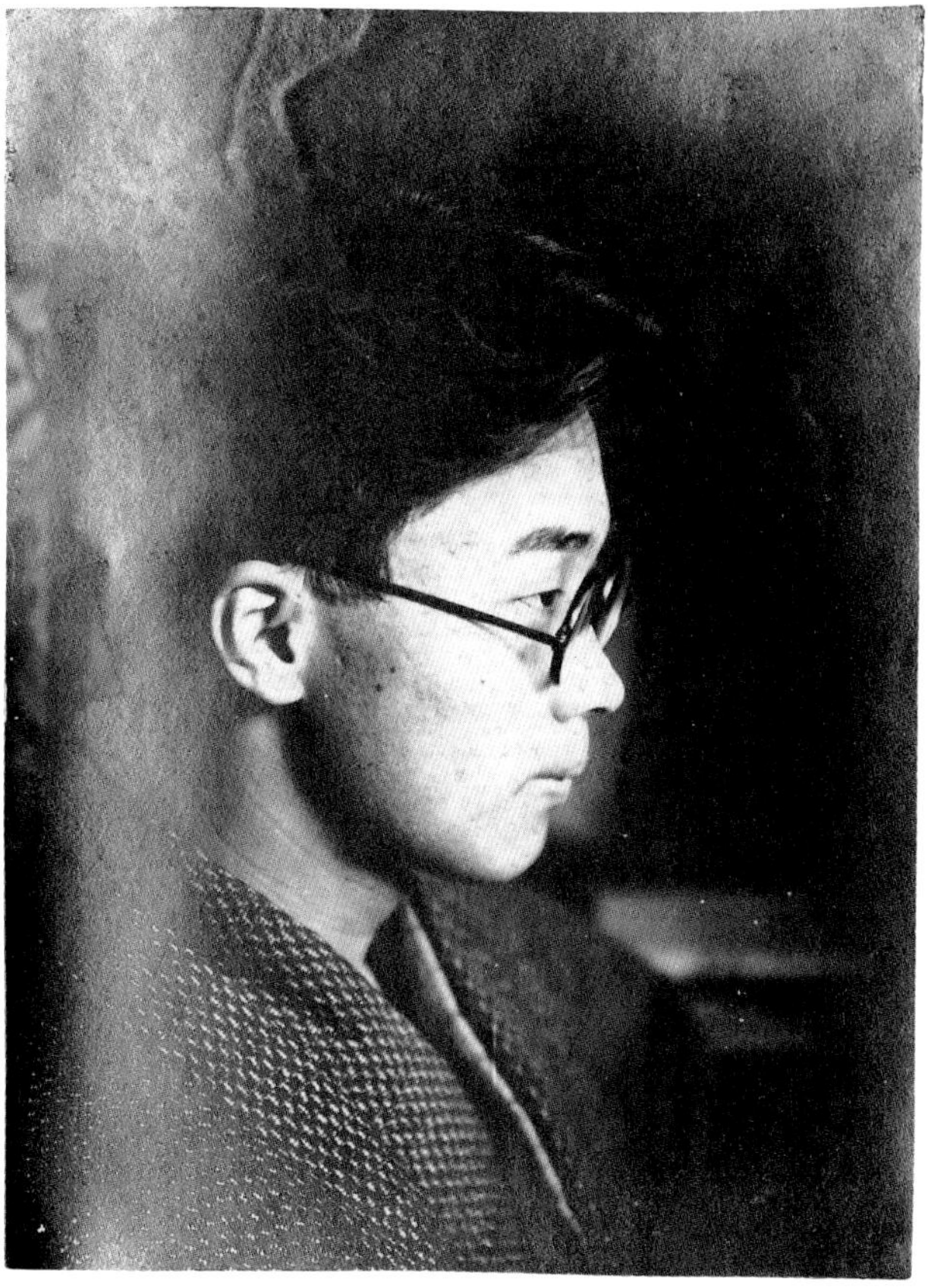

陸奥玲一郎　和歌山　帝国座

荒木歳郎　徳島　両国座

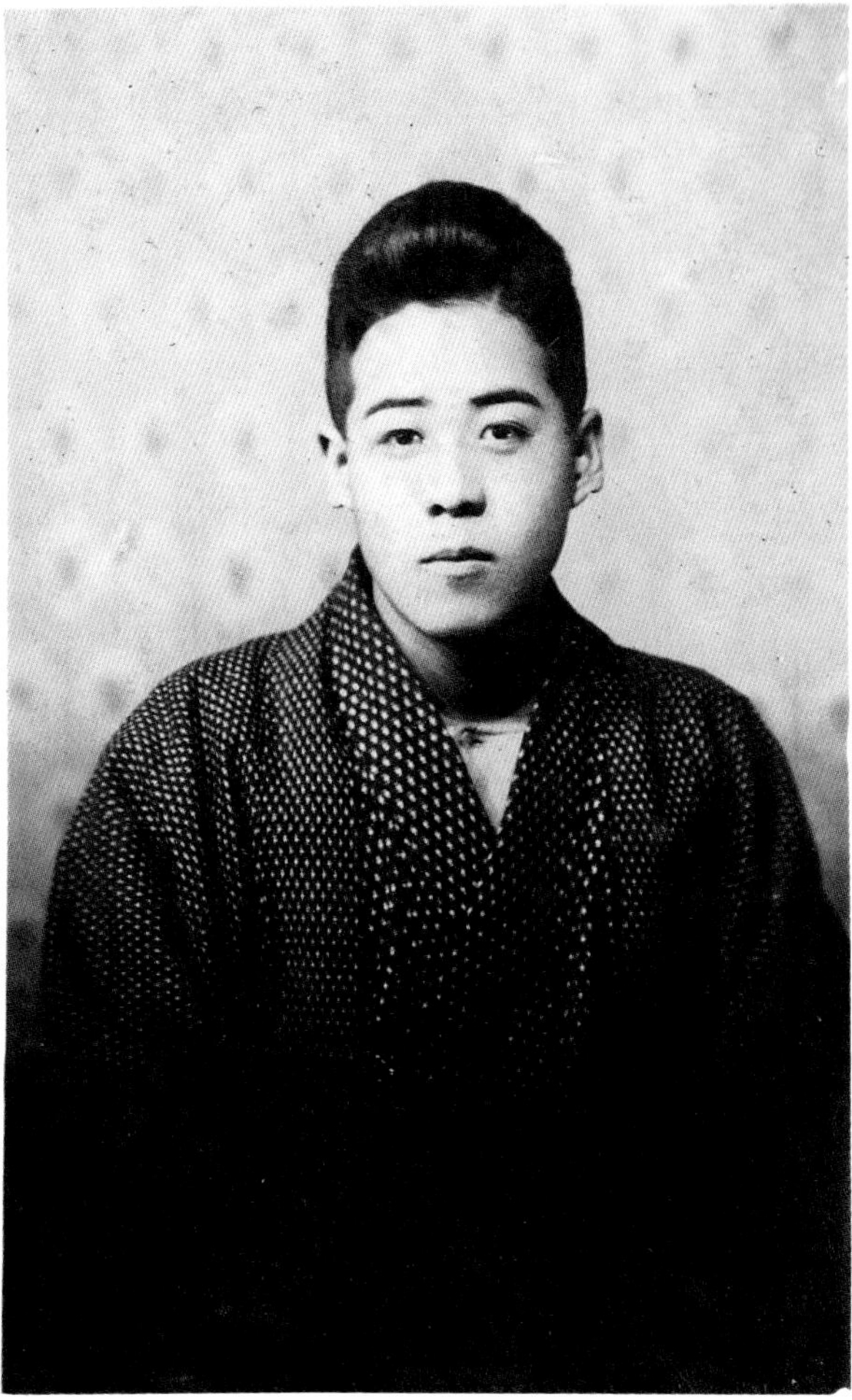

菊地健二郎

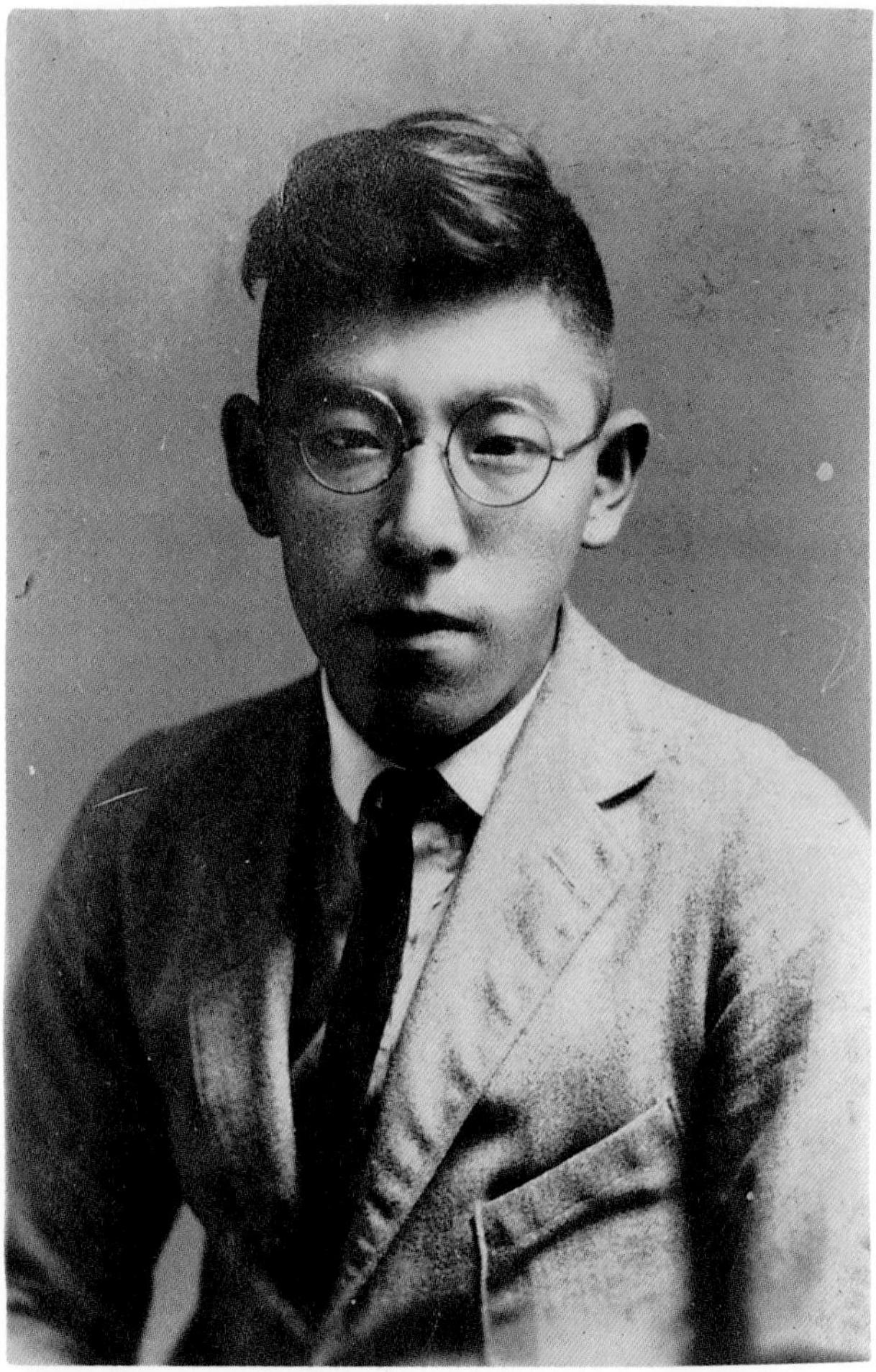

坂田浩二

三昌倶楽部発会式（中央、花井三昌）

第一回忘年会　松竹座で

名映画スーヴニール

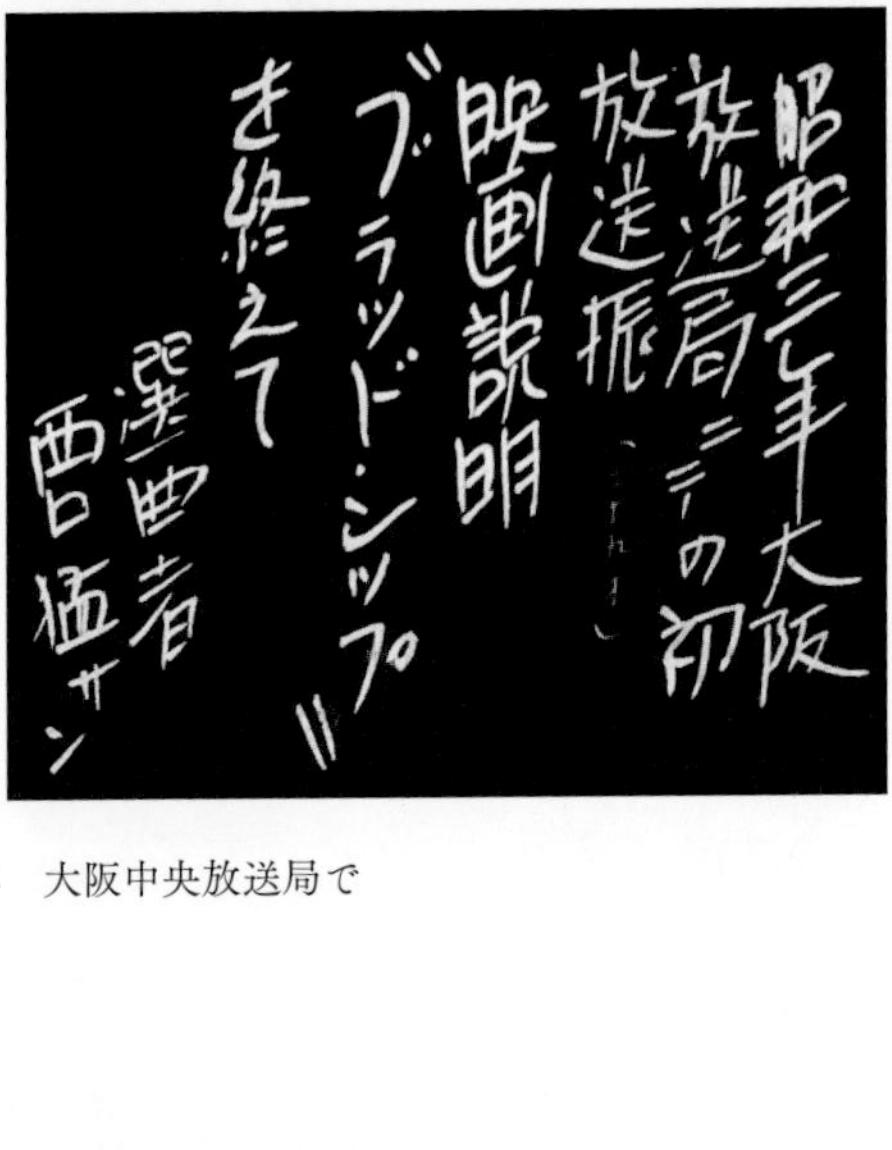

昭和３年　大阪中央放送局で

倉敷市　千秋座前

◉活弁士一覧

安芸田穂　朝日館
秋山楓月　錦座、万国館
東　紅村　朝日館
東　夢外　第一朝日館　東夢外堂《あずまむがいどう》というブロマイド屋を営む（なぜか当時は「プ」と発音）
伊藤錦洋　朝日館
岩尾　剛　錦座主任弁士
江口　漠　キネマ倶楽部
大島弘浪　松竹座
岡　指月　第一朝日館、キネマ倶楽部
岡村天朗　キネマ倶楽部、錦座

岡本詩郎　錦座
春日緋呂美　菊水館
片桐健作　第一朝日館主任弁士
川崎東朗　朝日館
久世春濤　朝日館、第一朝日館
志賀香村　朝日館
島津鷺城　世界館
島村白鳥　キネマ倶楽部
鈴田天遊　有楽館
高橋南渓　二葉館
竹山美水　松本座、キネマ倶楽部
谷　浩郎　菊水館
東堂荷村　第一朝日館、キネマ倶楽部
中島紅美　松竹座
長谷川桜邦　キネマ倶楽部

花井天勇　朝日館
花山櫻水　朝日館、第一朝日館
林　富太郎　キネマ倶楽部
林　道夫　キネマ倶楽部
美柳紅郎　キネマ倶楽部、菊水館
港　純一　錦座、松本座
三村珍文　錦座。滑稽専門
三宅桂瞳　桂座
山本陽逢　キネマ倶楽部

＊岸百艸「湊川新開地盛衰記」、荒尾親成「神戸の活弁サン芳名録」より
＊大島弘浪（弘郎）、岡村天朗（天郎）など確定できない弁士は少なくない

◉トーキー反対争議ほか

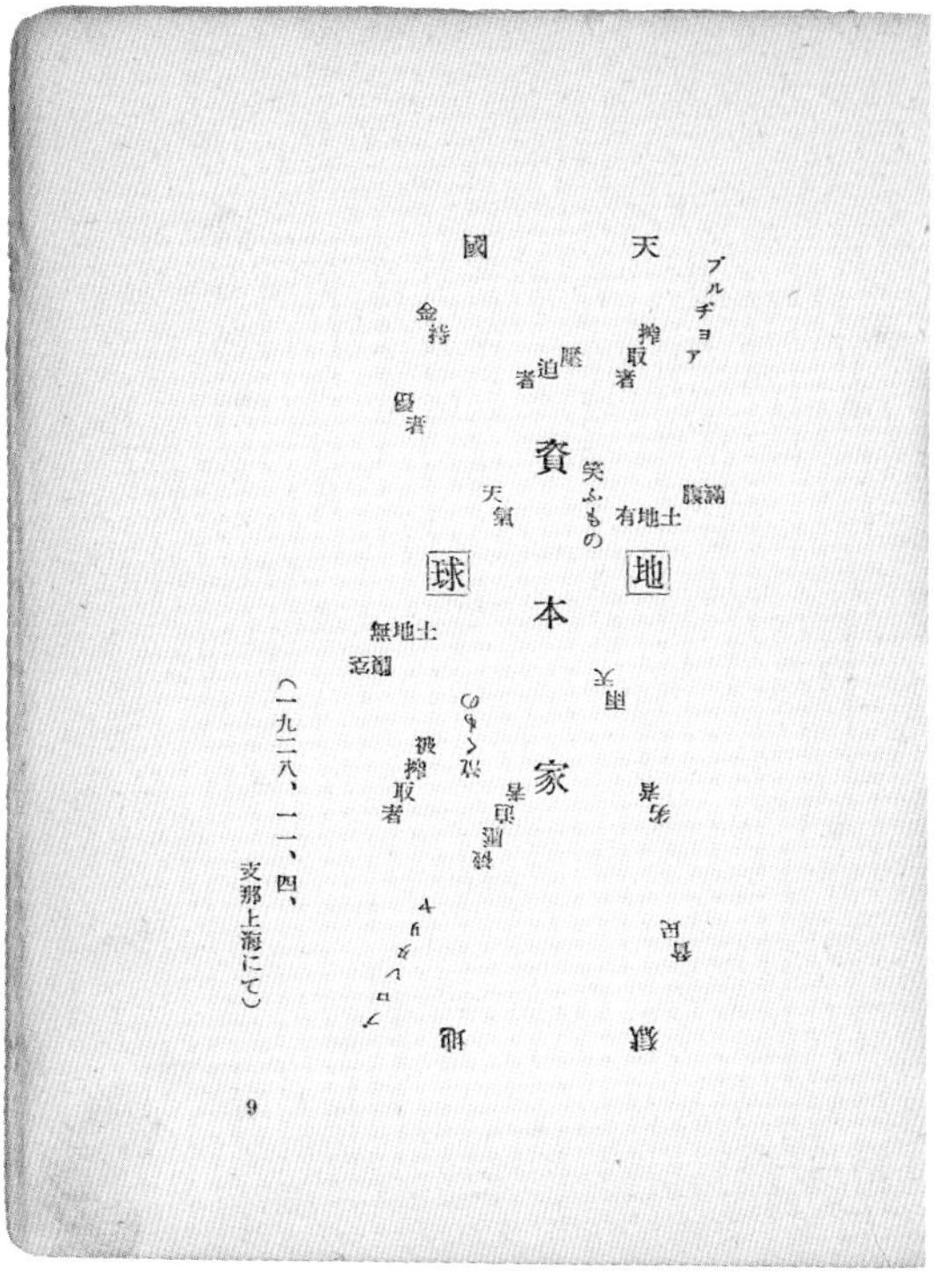

井上増吉貧民窟詩集「世界の貧民窟」(『おゝ嵐に進む人間の群よ!』警醒社、昭和5年)

昭和７年３月　菊水キネマ商会ゼネスト記念　小島昌一郎書記長
小島のぶ江アルバムより

昭和７年５月　姫路三館共同争議　争議団本部前　姫路文学館提供

カール・テオドア・ドライヤー監督『吸血鬼』(『キネマ旬報』448号、昭和７年９月)
神戸映画資料館提供（解題135頁註11）

尾上明治『姫路労働組合運動史』(解題135〜136頁註12)
右上　三館共同スト街頭デモ
右下　同争議団松竹座前の兵糧運搬デモ
左　　姫路署の焚書

昭和９年２月　鷹取館（須磨区常磐町）争議記念
小島のぶ江アルバムより

昭和11年　組合大会　小島昌一郎議長　小島のぶ江アルバムより

昭和11年6月　弁士らの送別会　新開地のカフェー「マルタマ」
小島のぶ江アルバムより

◉湊川新開地

明治30年代神戸の東西屋《おひろめや》による活動写真宣伝隊
鶴見俊輔「日本近代の視聴覚文化」(『日本映画の誕生』1巻、所収)
岩波書店提供

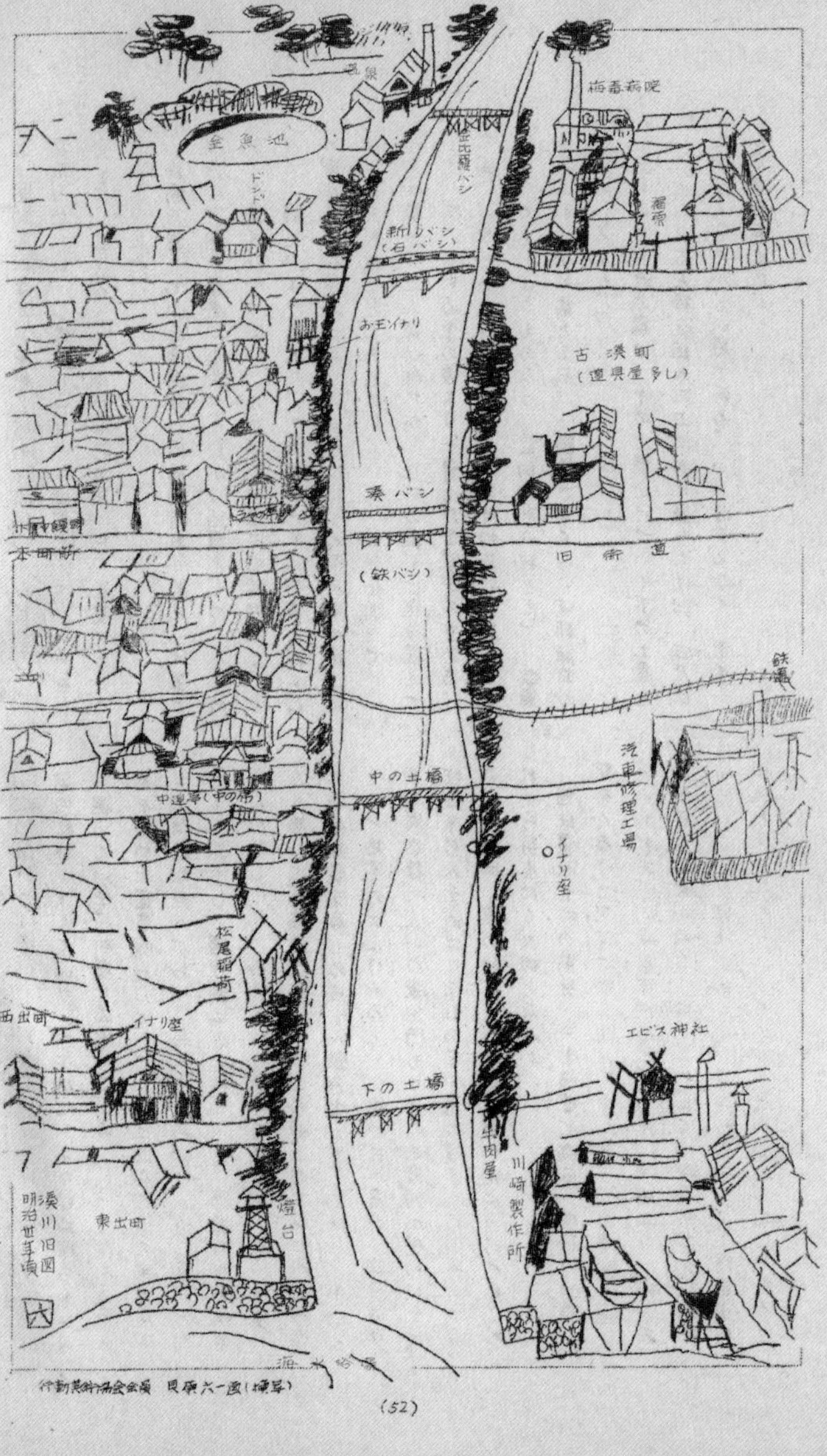

行動美術協会会員　田原六一画（模写）

右頁　湊川旧図　明治30年頃（貝原六一画）　梅毒病院はその後、県立駆梅病院、福原病院と改称、明治33年に荒田町へ移転（『歴史と神戸』14号、昭和39年４月）
左頁　大正時代新開地（解題114頁）神戸市文書館提供

神戸湊川新開地（古戦場）大正初期（解題114頁）神戸市文書館提供

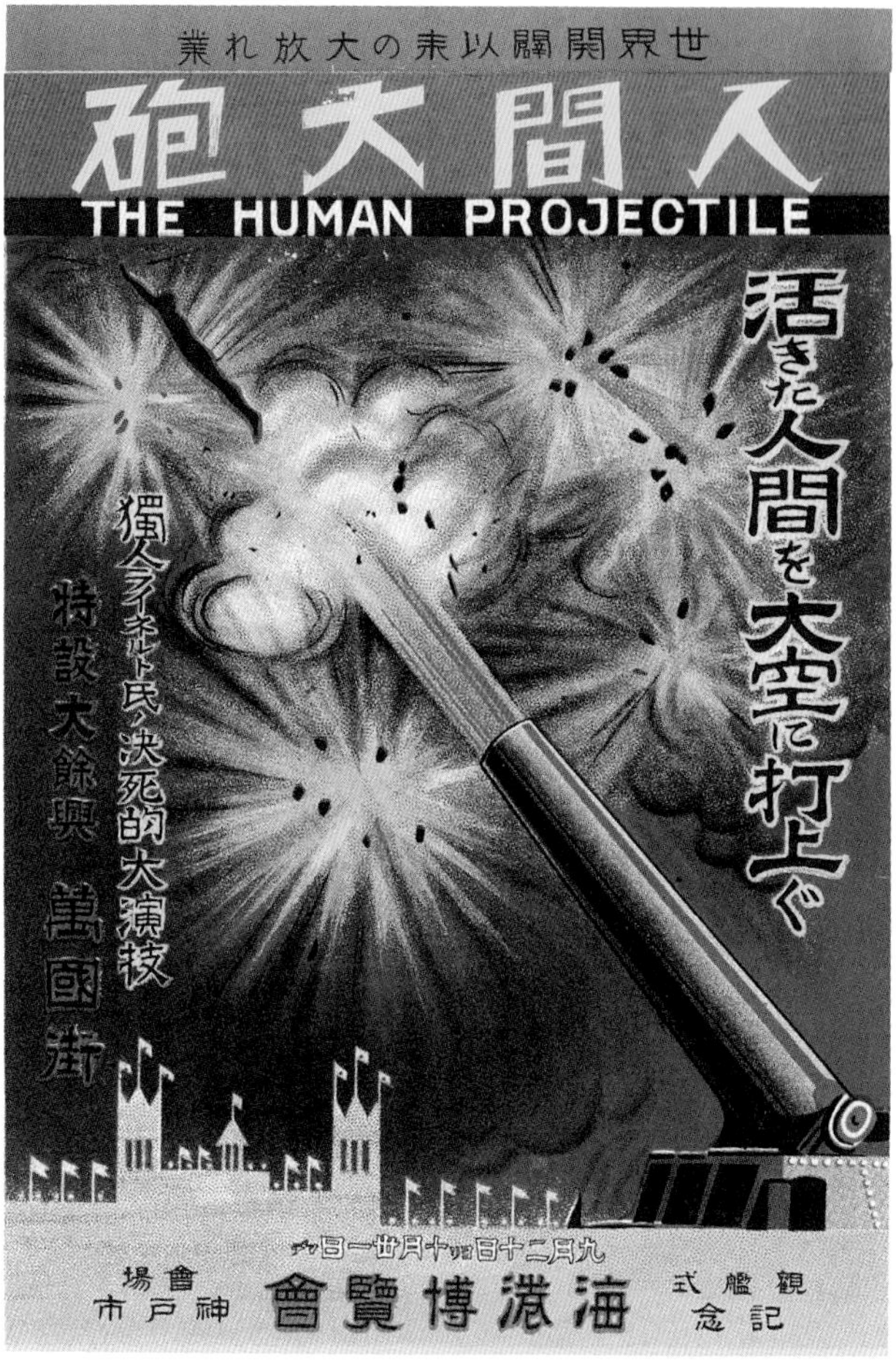

昭和５年　観艦式記念神戸海港博覧会（同博覧会誌、昭和６年）
次頁　同、会場配置図

會場配

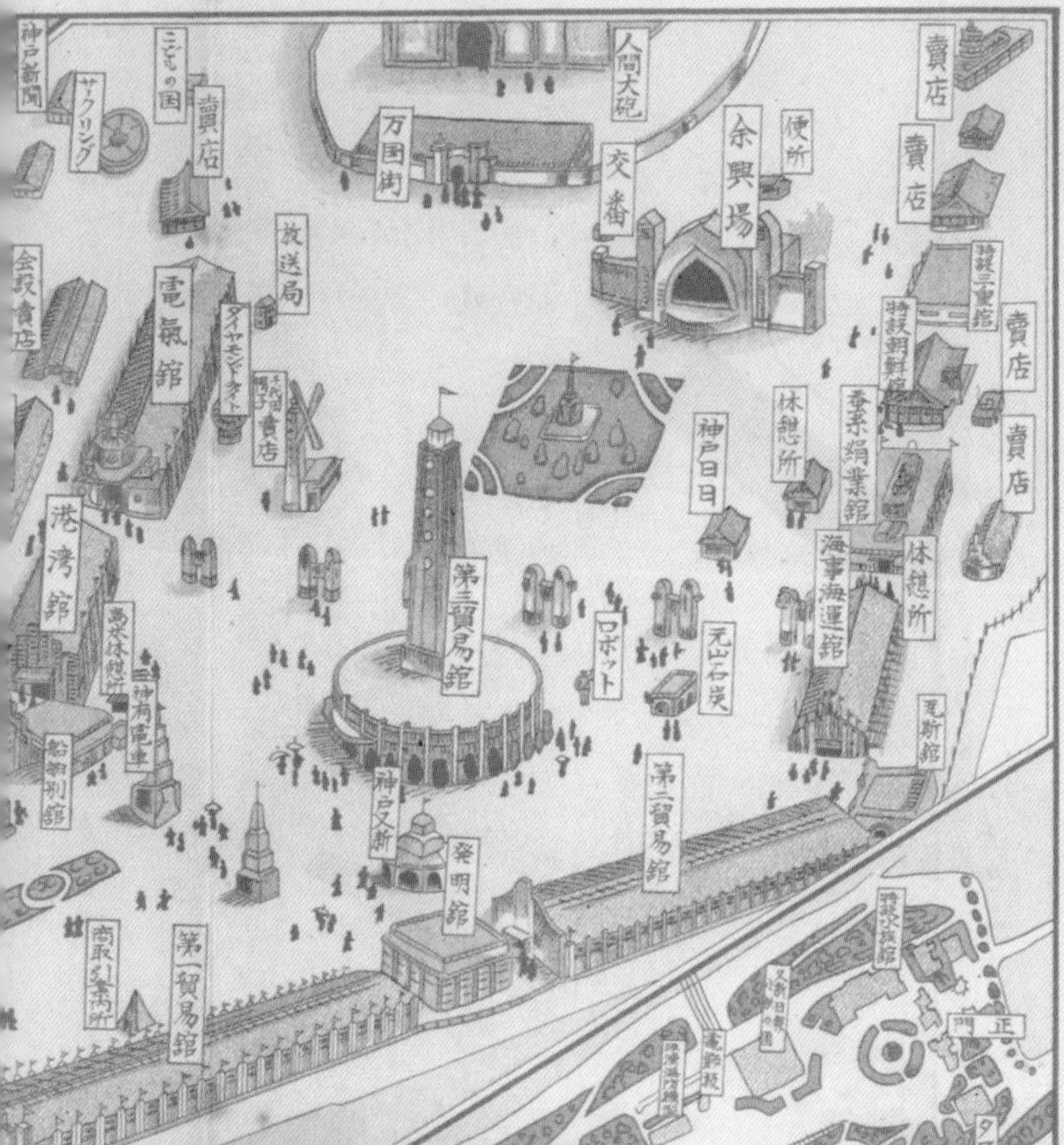
神戸新聞
こどもの国
賣店
人間大砲
万国街
交番
余興場
便所
放送局
電氣館
神戸日日
第三貿易館
ロボット
港湾館
海事海運館
休憩所
蚕糸絹業館
特設朝鮮館
第二貿易館
発明館
神戸又新
第一貿易館
正門
タワー
第二会場
湊川公園

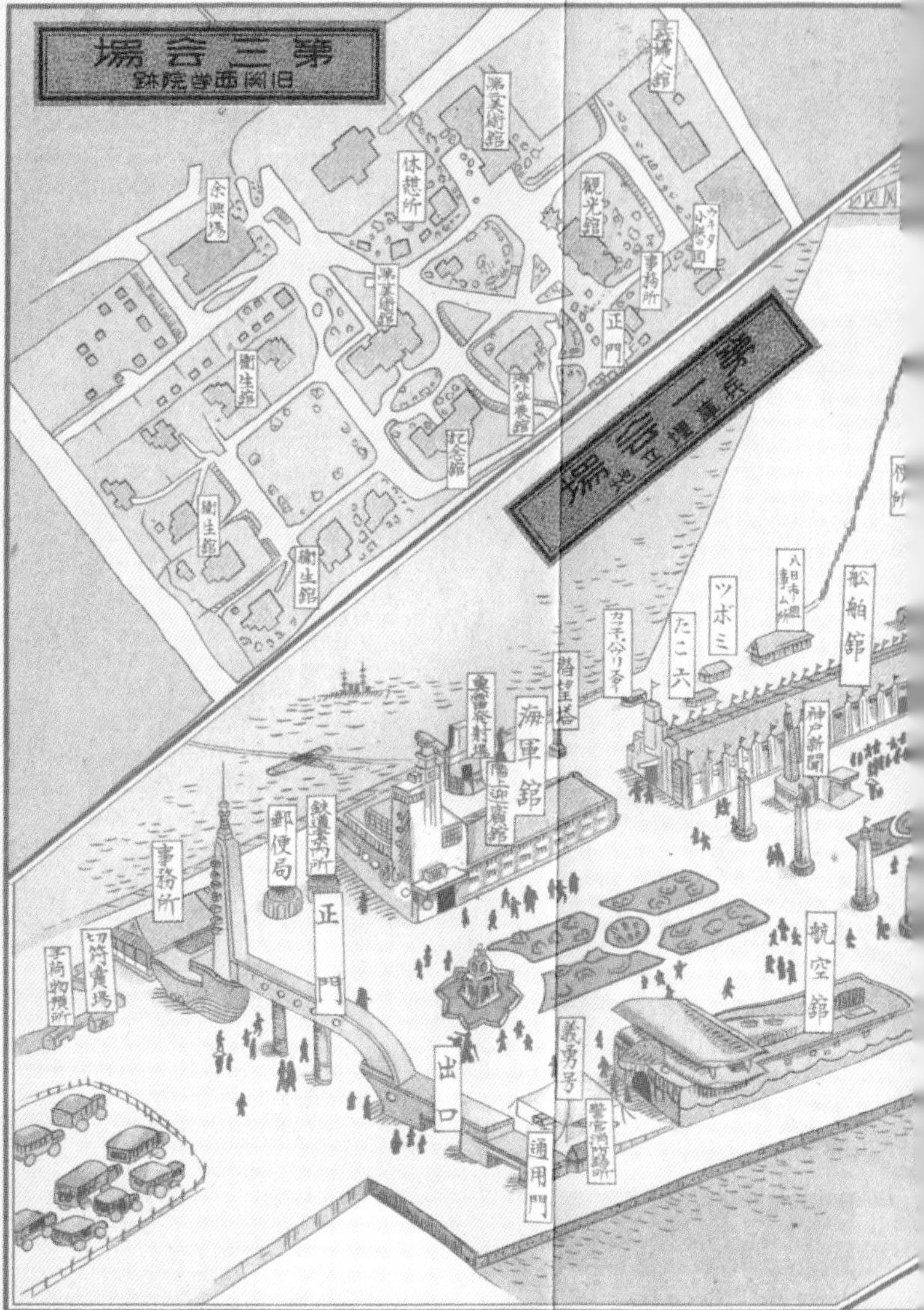
第三会場
旧関西学院跡
婦人館
美術館
休憩所
余興場
観光館
事務所
正門
衛生館
衛生館
衛生館
記念館
第一会場
兵庫埋立地
ツボミ
たこ六
船舶館
神戸新聞
眺望塔
海軍館
鉄道案内所
郵便局
事務所
切符賣場
手荷物預所
正門
出口
航空館
義勇号
通用門
警察消防詰所

◉映画雑誌

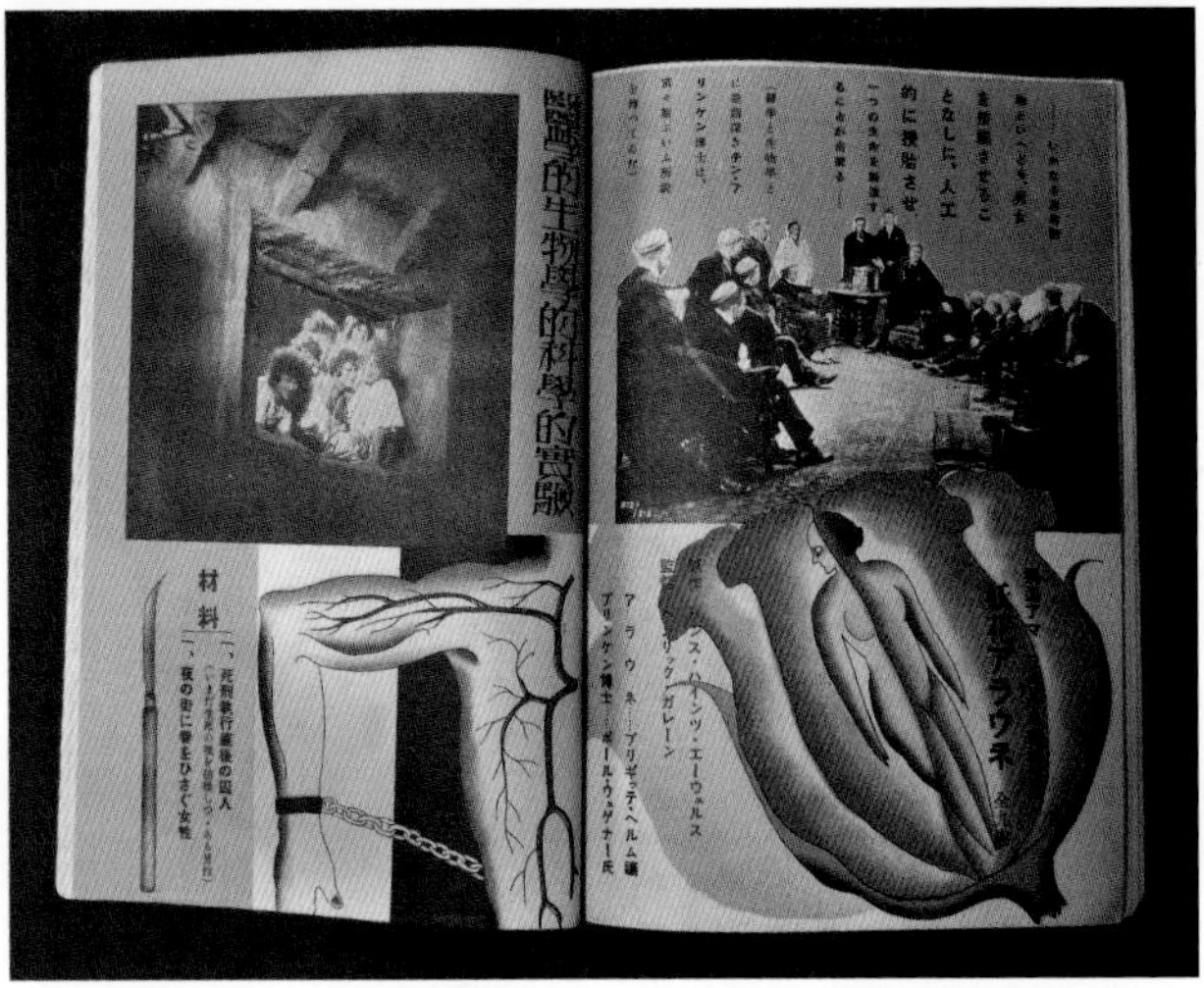

妖花アラウネ（『キネマ・ニュース』94号　昭和4年4月）
柳原一徳撮影

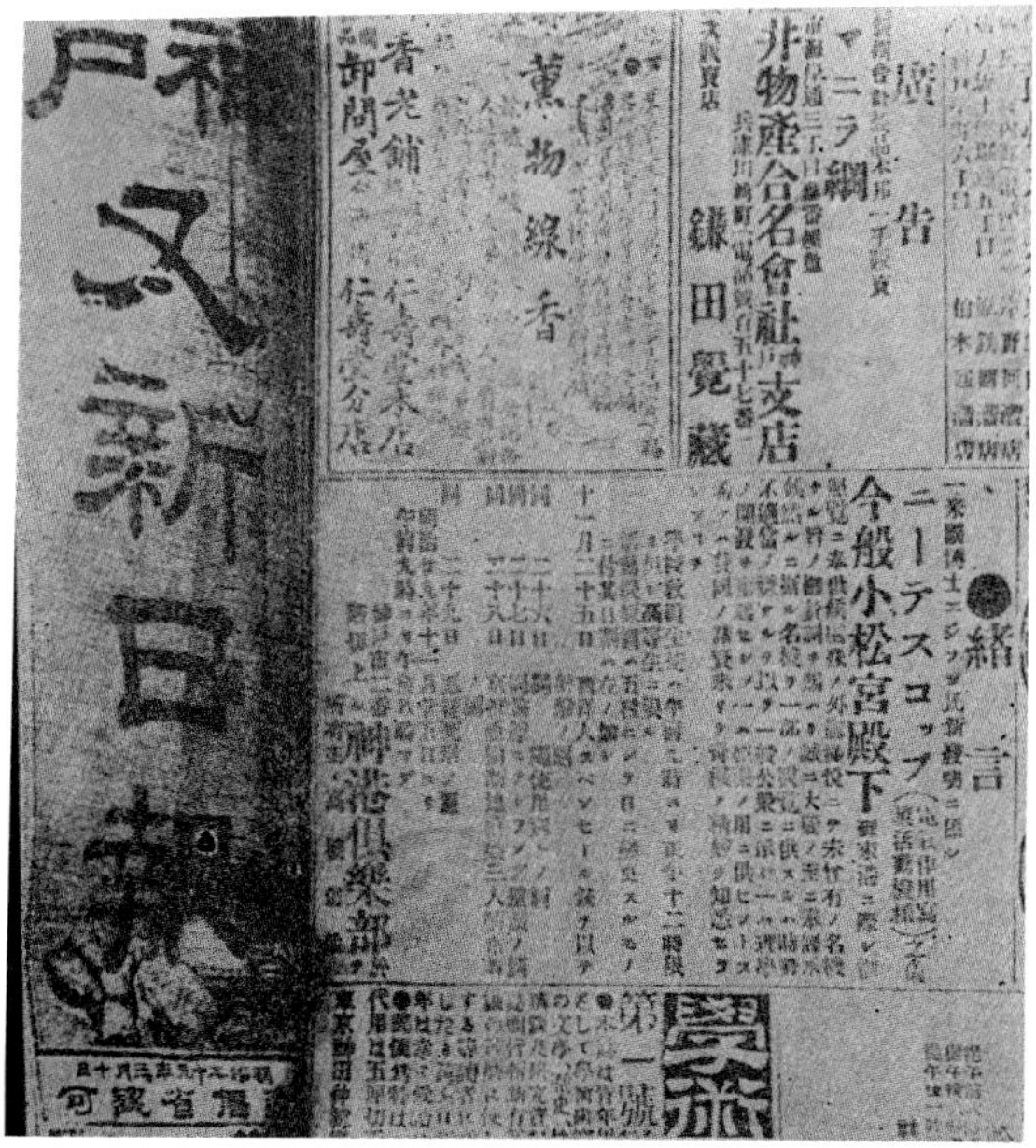

神戸又新日報

廣告
マニラ綱
非物産合名會社神戸支店
鎌田覺藏

薫物線香
香光舗
仁寿堂本店

緒言
ニーテスコープ
今般小松宮殿下
神港倶樂部

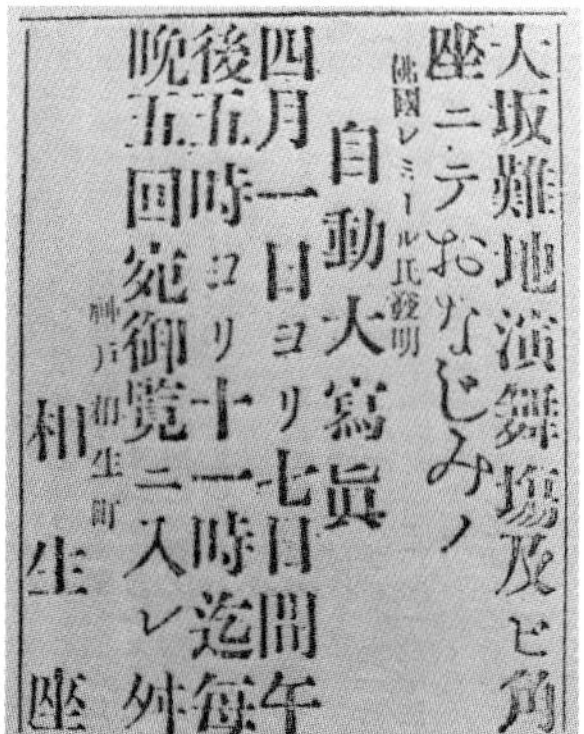

大坂難地演舞場及ビ角座ニテおなじみノ
佛國レミール氏發明
自動大寫眞
四月一日ヨリ七日間午後五時ヨリ十一時迄毎晩五回宛御覧ニ入レ升
神戸相生町
相生座

上　神港倶楽部、キネトスコープ初公開　神戸又新《ゆうしん》日報　明治29年11月25日（塚田嘉信『映画史料発掘』創刊号、昭和45年11月、非売品）（関連年譜204頁）
下　明治30年４月　相生座でシネマトグラフ公開（塚田嘉信『映画史料発掘／号外』私家版）（関連年譜205頁）

『前線』30号（昭和8年1月）詩村映二寄稿　加藤仁提供

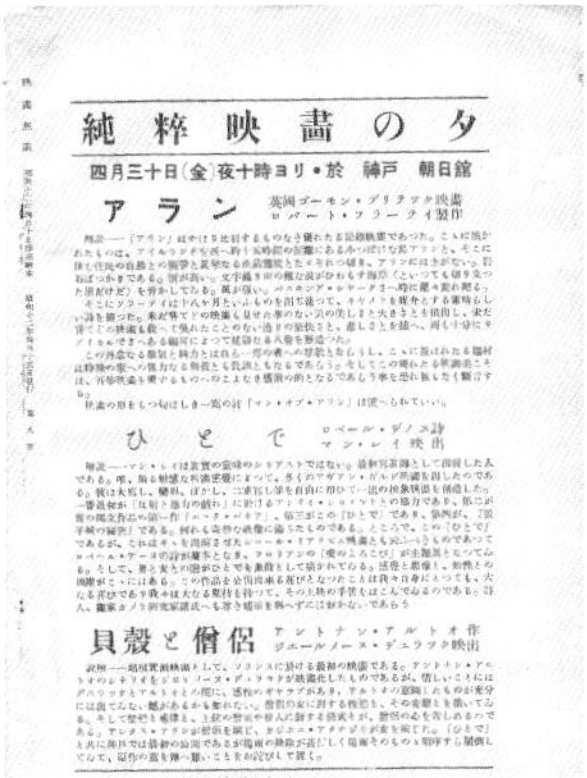
純粋映畫の夕

四月三十日(金)夜十時ヨリ・於 神戸 朝日館

アラン　英國ゴーモン・ブリテッシ映畫　ロバート・フラーテイ製作

ひとで　ロベール・デノス詩　マン・レイ映出

貝殻と僧侶　アントナン・アルトオ作　ジェールメーヌ・デユラック映出

主催 神戸映畫新人會　後援 神戸詩人クラブ

右上　『活動倶楽部』大正10年８月号
右下　『映画時代』創刊号　大正15年７月
左上　『キネマ・ニュース』94号　昭和４年４月　編集兼発行人、神谷正太郎　発行所、影繪社、神戸市下山手八丁目一五三　影繪社編集部、神戸市京町七〇京町ビル
左下　純粋映画の夕（『映画無限』第八冊、昭和12年4月）（関連年譜219～220頁）

『松竹座ニュース』神戸映画資料館提供

右上・右下　『神戸人』2号　昭和12年１月（発行所、神戸松竹座）
左上・左下　『影繪』24号　大正13年３月（編輯発行人、高柳春之助
神戸市湊町三丁目一二二六、東夢外堂内　発行所、影繪社）
森下明彦提供

以下の映画雑誌が発行されているが未見。
『血の雫』（神戸市八幡通四丁目　キネマ同好会）
『シルヴァシート』（山本通四丁目　榊原方）
『朝日画報』（第一朝日館）

◉主要映画館

湊川新開地商店図

大正11年9月1日調

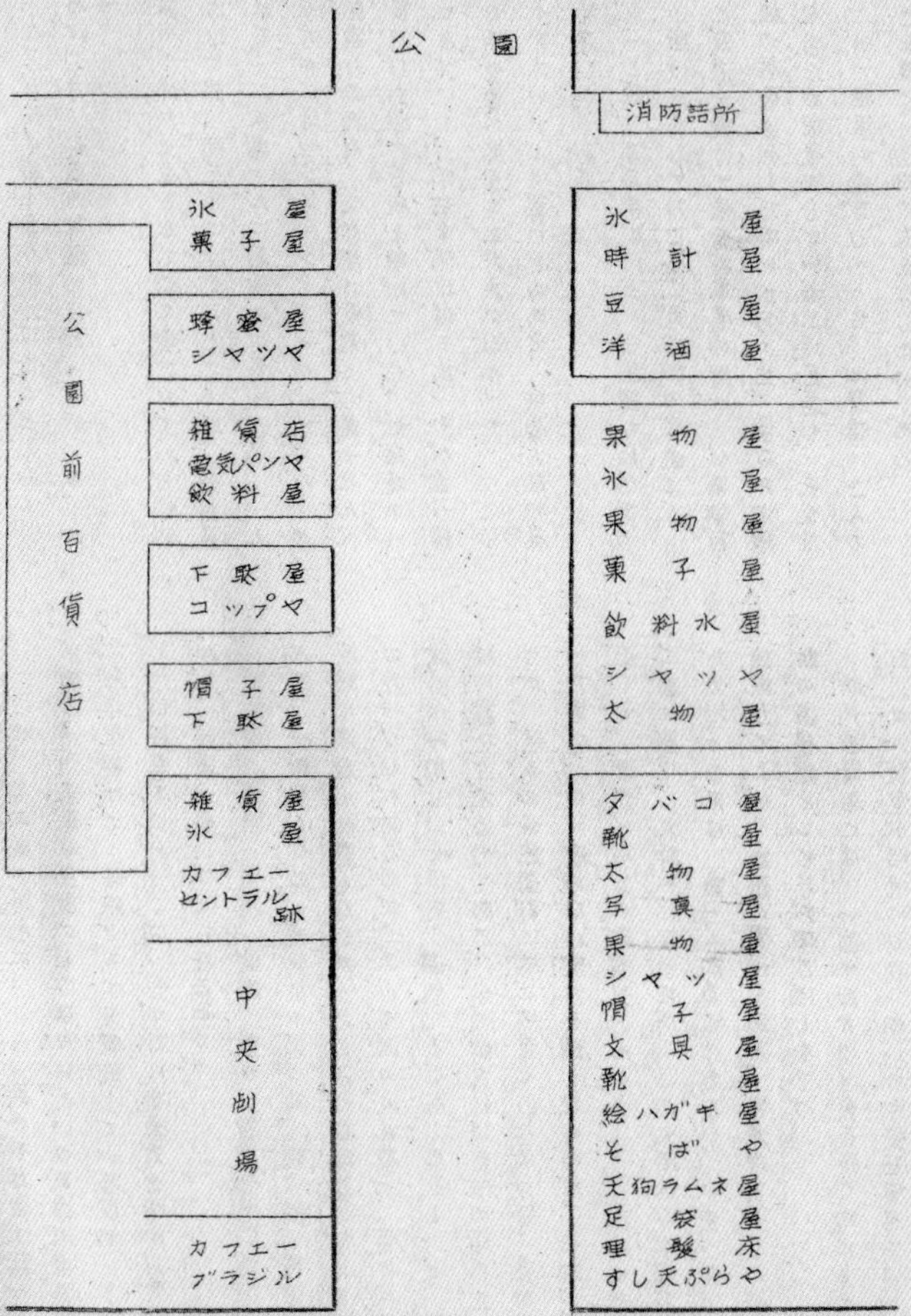

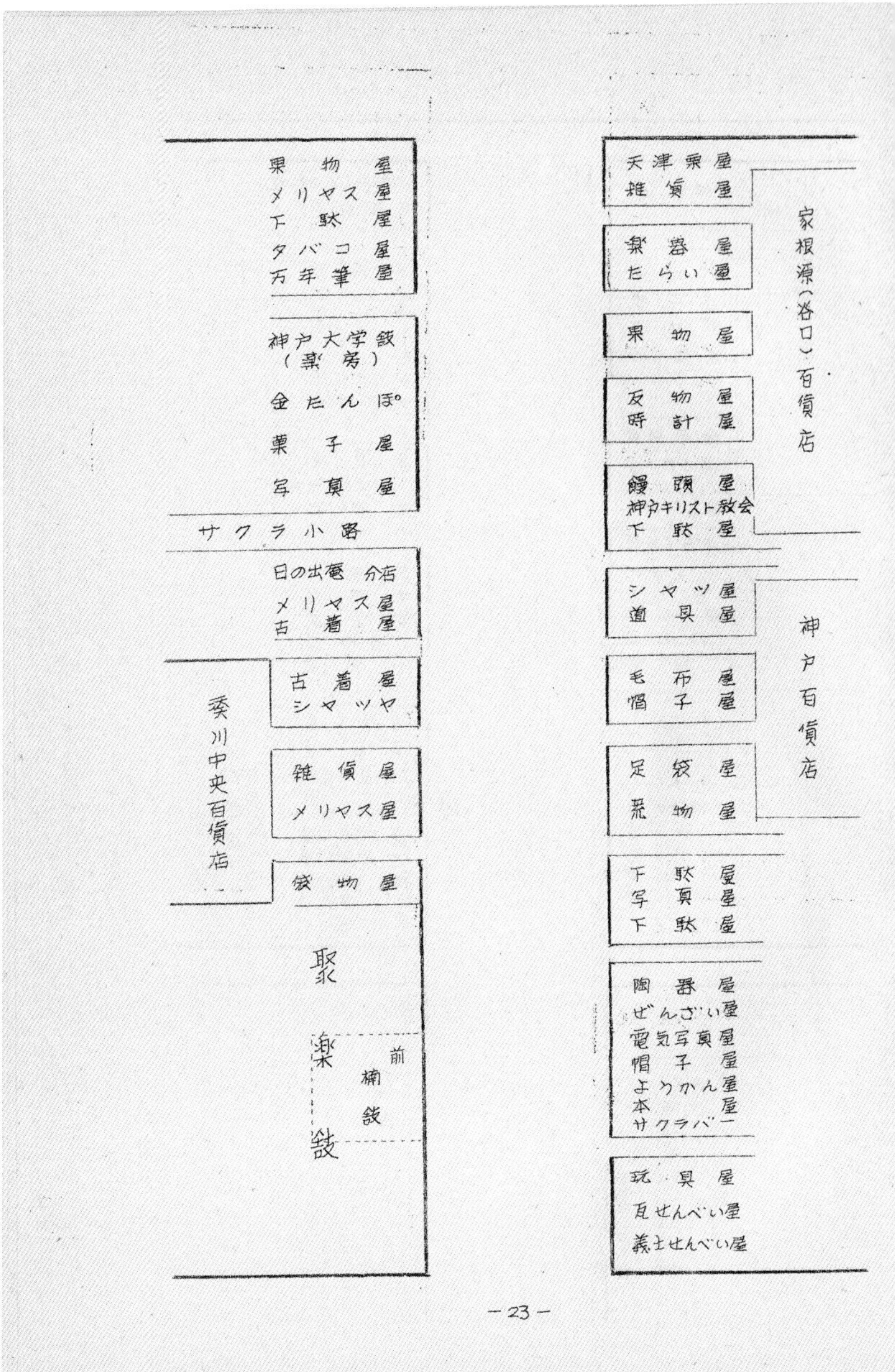

大正11年９月湊川新開地商店図（『歴史と神戸』20号、昭和40年12月）

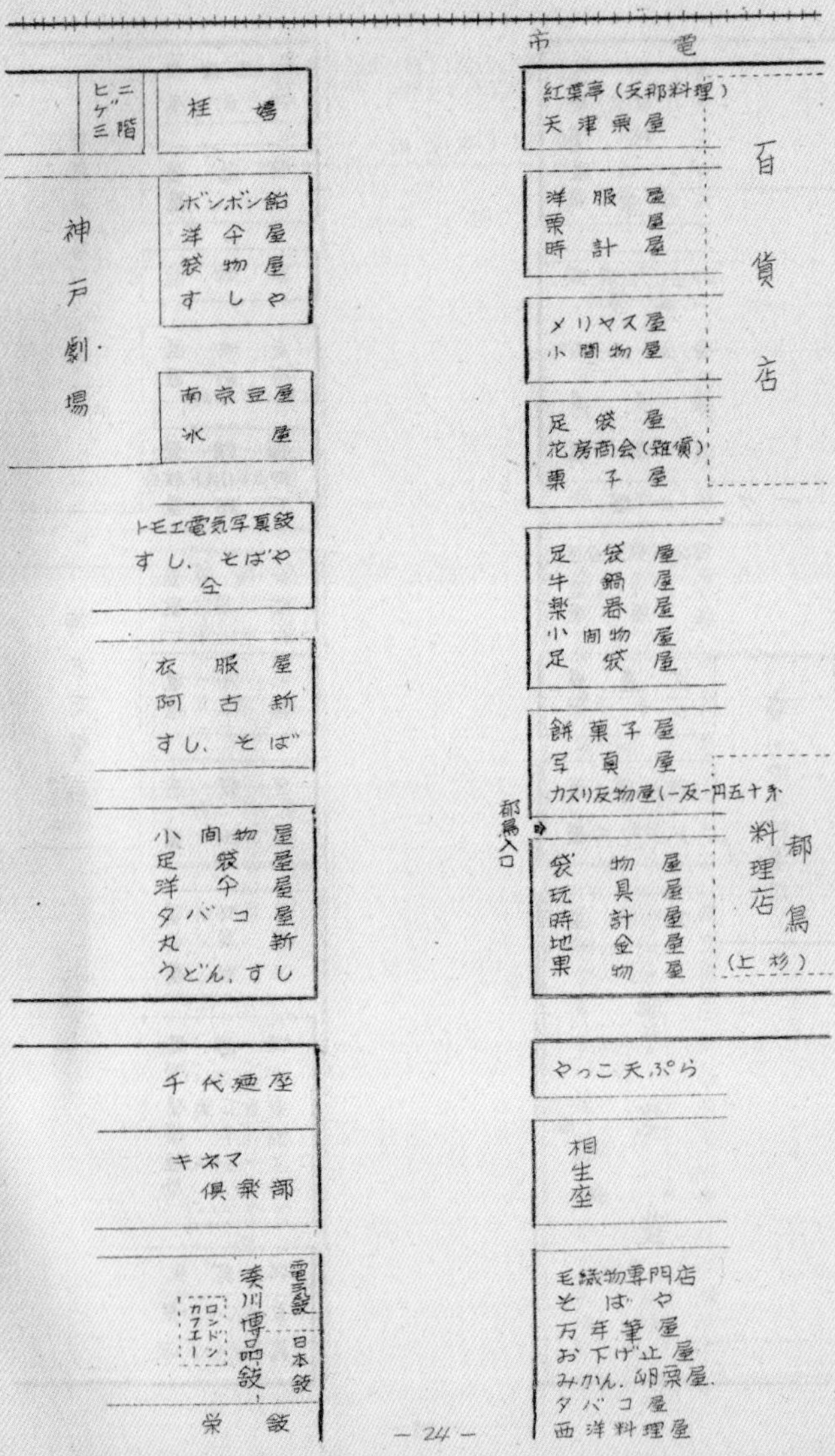
市電
ヒゲ三
二階
柾場
神戸劇場
ボンボン飴
洋仐屋
袋物屋
すしや
南京豆屋
氷屋
トモエ電気写真館
すし、そばや
仝
衣服屋
阿古新
すし、そば
小間物屋
足袋屋
洋仐屋
タバコ屋
丸新
うどん、すし
千代廼座
キネマ倶楽部
湊川博品館
電気館
日本館
ロンドンカフエー
栄館
紅葉亭（天邦料理）
天津栗屋
洋服屋
栗屋
時計屋
メリヤス屋
小間物屋
足袋屋
花房商会（雑貨）
菓子屋
百貨店
足袋屋
牛鍋屋
楽器屋
小間物屋
足袋屋
餅菓子屋
写真屋
カスリ反物屋（一反一円五十銭
都鳥入口
袋物屋
玩具屋
時計屋
地金屋
果物屋
都鳥料理店
（上杉）
やっこ天ぷら
相生座
毛織物専門店
そばや
万年筆屋
お下げ止屋
みかん、卵泉屋
タバコ屋
西洋料理屋

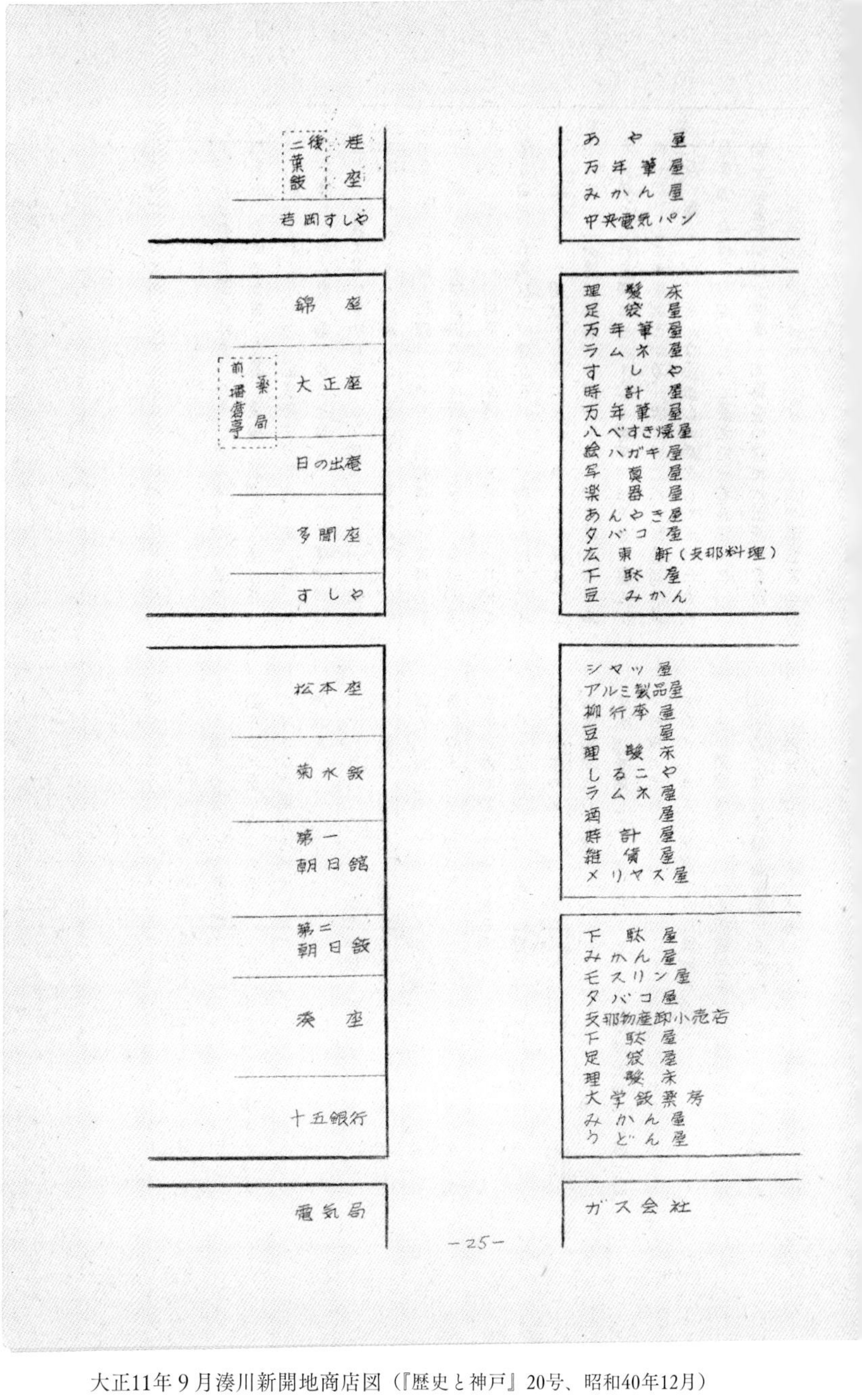

大正11年９月湊川新開地商店図（『歴史と神戸』20号、昭和40年12月）

◉映画館一覧

相生座　相生町で明治二十五年開業。明治三十八年二月の火災で全焼、その後新開地へ移転（明治三十九年十二月）、その後第一朝日館に改称、さらに大正十一年に元の朝日館に戻す。

大国座　湊川神社の前にあった。大正六年に日本劇場と改称、さらに同十一年には八千代座に、昭和二年には八千代劇場と改称を重ねる

桂座　のちに二葉館。

菊水館　明治四十三年に開業。

キネマ倶楽部　大正九年、千代之座が改称。少年淀川長治が通いつめる。英文の週報発行。

楠館　大正五年に聚楽館の北側に開設されたが廃館。

三宮キネマ　三宮神社境内にあった

三宮倶楽部　三宮神社境内にあった

聚楽館　大正二年八月開館。鉄筋三階、地下一階の西欧建築。当時、北側に金魚池があり、その周囲は原っぱだったという。

松竹劇場　昭和二年一月に松竹座と改称、映画の常設館とし、さらに同九年聚楽館を買収、映画上映館にかえた。昭和四年に再び演劇専門劇場に戻る。

松竹座　昭和四年に新築開場。家根源百貨店の空地に映画館として建設。設計は旧制神戸高等工業学校校長の古宇田《こうだ》實《みのる》。松竹劇場より楽団、活弁士を引き連れる。

世界館　三宮神社境内。後に三宮キネマ。

第一朝日館　朝日館が改称。ユニバーサル映画の封切専門館。映画雑誌『朝日画報』、『朝日週報』発行

第二朝日館　大正六年に改称。同十一年に有楽館に改称。

中央劇場　大正六年八月に松竹直営で開業。大正十二年に全焼。大正十三年に松竹劇場に改称。昭和二年に芝居から映画館に変更、松竹座。

帝国館　湊川神社の水族館を移築。大正初年に千代之座に改称し落語の定席となり、さらに大正九年にキネマ倶楽部と改称、再び映画館に戻る

電気館　湊川の相生座の向かいの勧奨場の一階にあったが廃館、兵庫新聞社が建つ。
錦座　明治四十三年に開場。入口の上には一輪車乗った電気仕掛けのピエロ。連続活劇「ジゴマ」は大盛況、当局の忌避に触れ二、三日で放映禁止となった。跡地に現在、神戸アートビレッジセンターが建っている。
日本館　電気館の隣にあったが廃館。
二葉館　桂座が改称。
万国館　三宮神社境内にあった二流館。詩村映二が弁士。
松本座　明治四十三年開業。低料金、林喜芳少年が通う。
湊座　明治四十二年開業。昭和の初期に演劇専門館に方向をかえる。
有楽館　前身は第二朝日館。詩村映二が活弁士。

＊館名は経営基盤の変化に拠り、めまぐるしく変遷する。

＊関連年譜

関連年譜

慶応三（一八六七）年

十二月、兵庫開港

明治五（一八七二）年

五月、湊川神社創建

明治二十七（一八九四）年

七月、日清戦争始まる

明治二十九（一八九六）年

八月、湊川氾濫、大水害。これを契機に付け替え工事始まる

十一月、神港倶楽部でキネトスコープ初公開（資料篇一八九頁）

明治三十（一八九七）年

四月、相生座でシネマトグラフ公開（資料篇一八九頁）

六月、大黒座（のち八千代劇場）で興行

明治三十三（一九〇〇）年

詩村映二生まれる

明治三十四（一九〇一）年

湊川の付け替え工事完了

明治三十六（一九〇三）年

一月、夏目漱石、英国から帰国、神戸港に入港

明治三十七（一九〇四）年

四月、竹中郁生まれる（戸籍は三月三十日）

七月、相生座で日露戦争活動写真会

二月、日露戦争始まる

明治三十八（一九〇五）年

二月、相生座全焼

九月、大国座（湊川神社南）で日露講和条約に反対する演説会

明治三十九（一九〇六）年

十二月、新開地に最初の劇場である相生座開館

明治四十二（一九〇九）年

五月、森鷗外、マリネッティの「未来主義の宣言」を紹介（『スバル』第五号「椋鳩通信」）

六月、最初の映画雑誌『活動写真界』創刊

十月二十六日、伊藤博文、ハルビンで暗殺される

明治四十三（一九一〇）年

八月、大日本帝国は大韓帝国を併合

敷島館、朝日館、菊水館、松本座、錦座が開館

五月から十月にかけて幸徳秋水ら社会主義者・無政府主義者数百名検挙（大逆事件）

明治四十四（一九一一）年		一月、幸徳秋水ら十二名死刑執行 十月、辛亥革命
明治四十五（一九一二）年	七月、大阪の通天閣・ルナパーク等完成	一月、南京で中華民国臨時政府成立（孫文は初代臨時大統領） 七月三十日、明治天皇崩御、大正へ改元
大正元（一九一二）年	九月、日本活動写真会社（日活）設立	
大正二（一九一三）年	二月、桂太郎内閣総辞職（大正政変）、神戸の民衆、新聞社など襲撃 九月、中里介山、都新聞で「大菩薩峠」の連載開始	

大正三（一九一四）年

七月、第一次世界大戦勃発
八月、大日本帝国はドイツ帝国に宣戦布告

大正四（一九一五）年

六月、『活動写真雑誌』（発行人、岡村又吉）創刊
十一月、千日前に複合娯楽施設「楽天地」開業

一月、袁世凱に対華二十一条要求

大正五（一九一六）年

一月、『活動之世界』（活動之世界社）創刊

大正六（一九一七）年

一月、『活動画報』（飛行社）創刊
二月、萩原朔太郎『月に吠える』（感情詩社・白日社出版部）
萩原は恩地孝四郎を通じて装丁挿画を田中恭吉に依頼

十一月、ロシアでボリシェヴィキ政権が成立

大正七（一九一八）年

七月、鈴木三重吉らが童謡雑誌『赤い鳥』創刊
八月、湊川公園に集結したデモ隊が鈴木商店焼き打ち
十一月六日神戸新聞、「累々遺骸の山」「累々たる棺桶の野曝し」とスペイン風邪報じる
十二月、東京帝国大学を中心に新人会結成
トリスタン・ツァラ「ダダ宣言一九一八」（『ダダ』三号）

七月、米騒動始まる
十一月、第一次世界大戦終結

大正八（一九一九）年

三月、稲垣足穂、湊川の錦座で『呪の家』（パテー会社、『鉄の爪』姉妹編）を観る。フィルムの中の新型牽引式複葉飛行機に心奪われる
四月、ヴァルター・グロピウス「バウハウス宣言」を起草
七月、田中三郎『キネマ旬報』創刊
ヴァレリー「精神の危機」（『NRF』）

大正九（一九二〇）年

一月、トリスタン・ツァラがパリへ、ブルトンらが迎える
二月、安谷寛一は労働運動社の神戸支局主任に、大杉栄らと交流
八月、ダダイズムの紹介記事が『萬朝報』に掲載
十一月、映画『アマチュア倶楽部』公開（監督トーマス・栗原、原作脚本谷崎潤一郎、大正活映株式会社）

五月二日、上野公園で日本初のメーデー。参加一万余
十月、ロシア未来派のダヴィト・ブルリュークとパリモフがロシア革命から逃れ来日（敦賀）

大正十（一九二一）年

六〜八月、川崎・三菱造船所大争議
九月、ダヴィト・ブルリュークが神戸で個展
神戸の映画雑誌『影繪』（東夢外堂、内）創刊
安谷寛一ら自由連盟ロンダ組は新開地で『労働運動』配布
和田信義が私家版詩集『蹴らない馬』

九月、安田善次郎が朝日平吾により刺殺
十一月、東京駅頭で原敬首相暗殺

大正十一（一九二二）年

一月、村山知義、ベルリンへ
四月、高級映画雑誌『活動公論』創刊（東京下谷区）
T・S・エリオット『荒地』（『クライテリオン』創刊号）

七月、日本共産党、非合法に結成

大正十二（一九二三）年

一月、『赤と黒』（萩原恭次郎ら）、菊池寛『文藝春秋』創刊
二月、高橋新吉『ダダイスト新吉の詩』（編者、辻潤、中央美術社）
七月、村山知義、尾形亀之助らマヴォの宣言
八月、石野重道『彩色ある夢』（佐藤春夫序、稲垣足穂装幀、富士印刷株式会社出版部）
八月、和田信義は須磨でアナキスト結社黒刷社、結成
十一月、『キネマ旬報』編集部を武庫郡西宮町川尻へ移転

九月一日午前一一時五八分、関東大震災。自警団による朝鮮人虐殺。同十六日、伊藤野枝、大杉栄ら憲

兵隊に虐殺される

大正十三（一九二四）年

三月、新開地に神戸タワー建設。浅草の凌雲閣、大阪の通天閣をあわせ三大タワー
四月、宮澤賢治、詩集『春と修羅』（関根書店）
六月、関西学院の近藤正治ら『ゲエ・ギムギガム・プルルル・ギムゲム』創刊（発行兼編輯人、野川隆）
七月、村山知義、岡田龍夫ら『マヴォ』創刊
十月、ブルトン『シュルレアリスム宣言　溶ける魚』（サジテール）
竹中郁、浅野孟府ら『横顔』創刊
十一月、竹中郁らカフェー・ガスでアポリネール六年忌の詩画展
十二月、竹中郁と福原清が第一次『羅針』創刊
安西冬衛、北川冬彦らが大連で『亜』創刊
神戸在住の八木重吉、詩の中で活動写真と芝居をなくせと書

く（「寂寥三昧」）

大正十四（一九二五）年

ボッカッチョ／梅原北明訳『全訳デカメロン上巻』（南欧芸術刊行会）

大阪市の人口、面積、東京を抜き日本一、大大阪の誕生

九月、堀口大學『訳詩集　月下の一群』（第一書房）

岡崎竜夫、笠原勉らアナキスト結社黒闘社を結成（岡崎竜夫の草稿、資料篇一四九頁）

十一月、神戸のカフェ・ブラジルで萩原恭次郎『死刑宣告』の出版記念会、マヴォ関西支部の牧寿雄主催

十二月、賀川豊彦『永遠の乳房』（福永書店）

この頃、近藤茂雄、安谷寛一らは三星堂二階のソーダファウンテン（元町六丁目）やカフェー・ガスへ。また京都「千本組」の笹井末三郎らと知りあう。近藤茂雄、侠客の笹井末三郎らの写真（資料篇一四八頁）

三月、男子普通選挙法案可決

四月二十二日、治安維持法制定

五月、北樺太派遣軍撤退完了

大正十五（一九二六）年

二月、近藤茂雄『ラ・ミノリテ』創刊（小野十三郎、笹井末三郎ら）

三月、『テアトル』創刊（発行人高田保）宇野浩二、チャップリンの荒唐無稽を絶賛

松木狂郎ら編纂『説明者になる近道』（説明者同人会）

七月、『映画時代』創刊（文藝春秋社）、徳川夢声の自叙伝始まる（資料篇、一九一頁）

九月、『狂った一頁』（監督衣笠貞之助、脚本川端康成ほか）公開

尾上松之助（目玉の松ちゃん）死去

十二月、スラムの伝道師井上増吉の詩集『日輪は再び昇る』（警醒社書店）

神戸の影繪社『キネマ・ニュース』創刊（資料篇一九一頁）

十二月二十五日、大正天皇崩御、昭和へ改元

昭和二（一九二七）年

三月、岡崎竜夫、宇治木一郎ら改めて黒闘社を発足

三月、昭和金融恐慌始まる

五月、第一次山東出兵

六月、関西学院の坂本遼ら『木曜嶋』（雑誌命名者、竹中郁）創刊

七月一日、芥川龍之介自裁

元町三丁目の本庄商会が映画『闇《くらやみ》の手品』（鈴木重吉監督）を製作

十月、梅原北明編集「世界デカメロン号」（『文藝市場』）

詩村の友人、アナキストの田代健は元町本庄の前で古雑誌販売（資料篇一四五頁）

昭和三（一九二八）年

三月、竹中郁、パリへ留学

関西学院の西村欣二ら『文芸直線』創刊

九月、『詩と詩論』創刊（厚生閣書店）、竹中郁、同人

十二月、萩原朔太郎『詩の原理』（第一書房）

神戸タイムズ新聞主催映画座談会（能登秀夫、小島昌一郎ら）

共産党員一斉検挙（三・一五事件）

六月、関東軍による張作霖爆殺事件

昭和四（一九二九）年

四月、探偵小説家の小酒井不木死去（一三四頁註9）
五月、トーキー映画『進軍』新宿武蔵野館で初上映
関西学院の山田初男、カルモチンにより自殺
和田信義『香具師奥義書』（文芸市場社）
竹中郁はシネポエム「百貨店」発表（『詩と詩論』第四冊）。同号に北川冬彦訳アンドレ・ブルトン「超現実主義宣言書」
七月、榎本健一、浅草で「カジノ・フォーリー」旗揚げ
十一月、西脇順三郎『超現実主義詩論』（厚生閣書店）

四・一六事件。共産党、壊滅的打撃を受ける
十月、ニューヨークで株価大暴落、世界恐慌始まる

昭和五（一九三〇）年

一月、大塚徹ら『風と雑艸』創刊。表紙の題字を詩村映二が書く
二月、竹中郁、小磯良平とともにパリから帰国
詩村映二、神戸新聞投稿（選者、富田砕花、七九頁参照）
五月、生田春月、瀬戸内海播磨灘にて投身自殺

六月、カフェー美人座（大阪の杉山正人）、銀座進出
観艦式記念神戸海港博覧会（九月二十日から十月末まで）が兵庫中之島、湊川公園、上筒井関西学院跡の三会場で開催（資料篇一八五～一八七頁）
関西学院の西村欣二、獄死（『解放のいしずえ』に昭和六年十月二十日獄死とあるが未見）

十一月、浜口雄幸首相、東京駅頭で狙撃。翌年首相を辞任後死去

昭和六（一九三一）年

一月、詩村映二、『愛誦』へ投稿
七月、詩村映二の長男章《あきら》死去。行年二歳
八月、松竹座の弁士約十名が組合設立の会合
詩村映二、大塚徹ら「姫路愛誦読書会」開催（資料篇一四一頁）
十月二日、松竹座の弁士が中心に関西映画従業員組合創立大会

九月、柳条湖事件により満州事変勃発
東北地方、冷害により大凶作。娘の身売り激増

昭和七（一九三二）年

三月、大塚徹は喫茶「カナリア」開店、半年後に閉店。詩村

映二ら入り浸る（カナリア前景写真、資料篇一四二頁）
五月、トーキー反対争議、詩村映二ら八十余名決起（資料篇一七五〜一七七頁）
五・一五事件前日、チャップリン神戸入港
八月、竹中郁『一匙の雲』（ボン書店）。表紙写真はラースロー・モホイ＝ナジ（バウハウスで教鞭を執る）

五・一五事件、犬養毅首相射殺

昭和八（一九三三）年

二月、小林多喜二、官憲に虐殺される
五月、竹中郁、堀辰雄ら『四季』創刊（二冊で終刊）
詩村、飯田操朗と出会う。榎倉省吾の紹介で長谷川利行と交友（資料篇一五一頁）

三月、国際連盟脱退
八月、関東防空大演習

昭和九（一九三四）年

三月、台南の風車詩社の楊熾昌ら『風車』第三号刊行
四月、詩村映二第一詩集『海景の距離』（神戸詩人協会）

六月、アナキスト笠原勉『布引詩歌』創刊
十月、西川満『媽祖』創刊。
十二月、中原中也『山羊の歌』(文圃堂)

十二月、ワシントン条約破棄

昭和十(一九三五)年

四月、詩村映二編集『驢馬』創刊(姫路市南畝町四〇〇)

天皇機関説事件

昭和十一(一九三六)年

三月、淀川長治は神戸のメリケン波止場でチャップリンに会う
三月、ジャン・コクトー神戸へ
六月、横光利一と岡本太郎はパリのツァラをたずねる
十月六日、飯田操朗死去、享年二十九歳

二・二六事件。翌二十七日東京市に戒厳令(七月十八日解除)
八月、ベルリンオリンピック

昭和十二(一九三七)年

四月、新開地の朝日館で神戸映画新人会(神戸詩人クラブ、後

援）がマン・レイの『ひとで』など上映（資料篇一九一頁）
詩村映二編集の『驢馬』七号（飯田操朗追悼）

七月、盧溝橋事件、日中全面戦争へ
十二月、南京大虐殺

昭和十三（一九三八）年
四月、特高監視下で詩村映二ら故飯田操朗遺作展（資料篇一四四頁）
七月、阪神大水害（谷崎潤一郎、『細雪』に書き留める）

四月、国家総動員法公布

昭和十四（一九三九）年
十一月、詩村映二『神戸詩人』第五冊に作品「迷信」、以後発表を断つ
十二月、西川満、楊熾昌ら『華麗島』創刊

七月、国民徴用令公布
九月、ナチスドイツのポーランド侵攻により第二次世界大戦始まる

昭和十五（一九四〇）年
三月三日、神戸詩人事件、詩村映二は取り調べを受け、数か

月のち不起訴となって釈放
亡命ユダヤ人、敦賀経由で神戸へ
十月、長谷川利行死去

九月、日独伊三国同盟調印
十月、大政翼賛会発会式。初代総統、近衛文麿

昭和十六（一九四一）年

四月、瀧口修造、福沢一郎、検挙
十二月九日、共産主義、反戦主義グループとして詩村映二、大塚徹、多田留治など十数名が検挙
同月二十日、『生活風景』（兵庫県加古郡尾上村口里六五、大西溢雄、資料篇一四四頁）の同人志水伊之助、森田典が検挙。同人の大半は山陽電気鉄道（株）の従業員

十二月八日、日本軍、真珠湾奇襲攻撃

昭和二十（一九四五）年

三月、神戸空襲により松竹座と聚楽館を除き新開地の映画館、劇場すべて焼失

八月十五日、敗戦

十二月、新開地の東側一帯に米軍駐留地のキャンプ・カーバー設置

詩村、湊川公園で山彦書房と称しゾッキ本の販売を開始

昭和二十二（一九四七）年

六月、カミュ『ペスト』（ガリマール）

九月、詩村、『怪奇探偵捕物実話』（上崎書店）上梓

江戸川乱歩来神、詩村宅に一泊

五月三日、日本国憲法施行

昭和二十三（一九四八）年

二月、竹中郁、井上靖編集の児童雑誌『きりん』（尾崎書房）創刊

昭和二十五（一九五〇）年

三月、日本貿易産業博覧会（湊川公園付近は第二会場）

昭和二十六（一九五一）年	及川英雄の尽力により詩村、兵庫県職員（更生関係）に	
昭和二十九（一九五四）年	六月、詩村、『職員文化』三号（兵庫県職員互助会季刊誌）に小説「沈丁花」寄稿	
昭和三十三（一九五八）年	詩村、自伝的エセイ「カツベン行進曲」（九七～一〇一頁）	
昭和三十四（一九五九）年	詩村、『半どん』（編集人小林武雄、発行人及川英雄）の編集員に。九月、胃の全摘手術	
昭和三十五（一九六〇）年	八月二十九日、詩村映二死去	六月十五日、東京大学の樺美智子圧死（六〇年安保闘争）

十二月、須磨寺で百箇日法会。及川英雄、林喜芳ら十七名参列

昭和三十六（一九六一）年

七月、詩村映二遺稿集『風と雑草』、編集発行人及川英雄（一九〇七〜一九七五）

昭和四十三（一九六八）年

湊川公園の神戸タワー解体

昭和五十五（一九八〇）年

八月、詩村映二の追悼法要、津高和一、池田昌夫、佃留雄ら二十八名参列

平成七（一九九五）年

一月十七日、阪神・淡路大震災。津高和一圧死

平成十七（二〇〇五）年

四月二十三日夜、神戸タワー跡地で劇団唐組が「鉛の兵隊」を興行、湊川公園北方から唐十郎は自転車に跨って現れ、紅テント内に入場

平成二十三（二〇一一）年

三月十一日、東日本大震災

平成二十八（二〇一六）年

二月、詩村墓所撤去。遺骨は須磨寺の万霊堂に永代供養

参考文献

泉創一郎・里見義郎・大谷花亭・松木狂郎編纂『説明者になる近道』(大正十五年三月、説明者同人会)
尾佐竹猛『賭博と掏摸の研究』(一九六九年、新泉社)
多田道太郎『複製芸術論』(一九六二年、勁草書房)
鶴見俊輔『太夫才蔵伝　漫才をつらぬくもの』(二〇〇〇年、平凡社ライブラリー)
徳川夢声『夢声自伝』上中下(昭和五十三年、講談社文庫)
林喜芳『わいらの新開地』(限定百部、一九七五年、神戸「人とまち」編集室)
『淀川長治自伝』上下(昭和六十三年、中公文庫)
『歴史と神戸』(湊川新開地特集、岸百艸)一四、一五、二〇号(一九六四〜六五年、神戸史学会)
ケヴィン・ブラウンロウ『サイレント映画の黄金時代』(宮本高晴訳、二〇一九年十二月、国書刊行会)

協力（順不同、敬称略）

青野久美、麻生信之、伊藤比呂美、大東和重、片岡一郎、加藤仁、木下長宏、小島のぶ江、佐々木和子、鈴木創士、高見秀史、田中真治、扉野良人、林哲夫、水本有香、森下明彦、安井喜雄、岩波書店、神戸映画資料館、神戸市文書館、姫路文学館、日本近代文学館、神奈川近代文学館

＊詩村映二（本名、織田重兵衛）のご遺族のかた、情報をご存知の方はみずのわ出版宛ご一報いただければ幸甚でございます。

生きる姿——あとがきにかえて

三月、逃れ難く災禍が迫った。わがことにあらずではないが、活動写真に没頭する時間に自分を置いた。調べものをし、メモをとり、休み、また資料に目を通す、もう一つの監禁か、いま一つの抗いになればとおもった。

そうしたある日、八歳の記憶が甦った。不意打ちだった。昭和三十一（一九五六）年の暮れだったとおもうが、父とともに新開地の聚楽館へ向かった。父の手にひかれたのである。そのとき観た映画『ジャイアンツ』（監督ジョージ・スティーヴンス、主演ロック・ハドソン、エリザベス・テイラー、ジェイムス・ディーン）の記憶が訪れた。

映画館から抜け出た父は上機嫌だった。本通りのレストランでハヤシライスとビイル、子どものわたしはオムライス、ミーコ（ミルクコーヒー）までふるまわれた。わが新開地の仕合せのひととき、思い出として刻みこまれている。

運良く帰還を遂げた者だけが語る、オデュッセウス、シンドバット、ガリヴァー、「映画を語ることもこの幸福な旅行譚」、「映画館に向かったまま ついぞ帰ってこない友人など持ったためしもなく、それに驚きもしないのだ」、これは、『シネマグラ』創刊号(一九七七年リュミエール列車歴八二年を併記、七月堂)の四方田犬彦のあとがきの一節である。

前回(二〇一九年)、生涯のたどれない矢向季子、隼橋登美子、冬澤弦の作品を収集し編集する過程で、それぞれの記憶の場所、長田区東尻池町、姫路の五軒邸、灘区高羽常盤木を歩いた。歩きながら、身体に訪れるものを待ちつづけた。そして、断念のもとに編詩集として送りだした。今回、湊川公園から川崎重工業(株)神戸工場の正門まで、新開地本通り、川崎本通り(かつての湊川の川筋)を何度も歩いた。旧生田川の跡のフラワーロード(新幹線新神戸駅から神戸税関まで南へ下る)の地下から水音が聞こえるというが、湊川では、湿気に襲われることはなかった。だからというわけでもないが、ソープランド、横丁の居酒屋、パチンコ屋、ピンク映画専門館の福原国際東映、寄席の喜楽館、大衆演劇の新開地劇場、ボートレース場外舟券発売場、人間がうごめく場所をたずね歩いた。

愛することの過剰、それゆえの憎み、しかし愛されているのだ、詩村映二を読みつづけ、そうおもった。そうおもえたとき、生涯という時間がある形となってみえてきた。思い出の帰還を体感できたとき、ステイホーム、わたくしごと（私的privateとは欠如、公的なものが奪われていること）の外出、移動の自由は制限された。

雲去る、また来たる、詩村映二がことばに夢見たのは、大正末年から昭和初年の社会の欲望を浴びながらの帰還と出発だった。その生涯におもいを巡らすと、逃れられない現実の苦しみ、かなしみを抱いたまま、彼岸のなにか、花々の気配に導かれていたことが伝わり、粛然とした。生まれ死ぬ、また生まれ死ぬ、片隅の詩人とともに過ごした時間、わたしには映画であった。

お前はいったい何者、なぜゆえの到来なのか、新型コロナウイルスの脅威は四月に入ると拡大、医師及び治療に携わるさまざまな立場の献身的な行為がつづいた。不眠不休の彼らに、無償の手弁当を配ったり、感謝の拍手で応答するひとびと。今回のわたしの試み、彼らにどこかで連なることができればとおもいつづけたが、四輪業界の最末端に属するわが身過ぎ世過ぎ、月商の六割が突如吹き飛んでいった。消滅（蒸発）の狂的な速度が身体を貫いた。

来月の見通したたず、防戦の仕様がない。だからこそと机に向かい、多田道太郎が『複製芸術論』に引用する美学者中井正一のことばを胸に吸いこんだ。それは、「全人類の底の共犯者の意識」と「安らうことのできぬ寂しき魂の放浪」というもので、原文には「共犯者の意識」という六文字に強調の点が打ちつけられ、共犯という原罪、それは存在の嘆きとされるとあった（「探偵小説の芸術性―文学のメカニズム」）。在ることの嘆きだから、今回のコロナ禍、容易な言語化はゆるさないだろう。否、衝きあげてくるなにものかを一つひとつ記録せねばと、安らうことのできないまま編集をすすめ、ときに息をつき、窓の外を眺めた。

詩人の生涯をたずね、説明者のことまで綴った。ひそかに確実に投げつけられる蔑みのなか、身体をさらす彼ら（資料編一五二〜一六四頁の面構え、参照）に鼓舞されたこと、ありがたかった。上梓の決定打となったのは、冒頭に掲げたポートレート。これこそ帰還である。お湯のなかから現れ出る捩じりハチマキ、あっけらかんと生きる姿、田中真治さんから送られてきた一枚である。

姫路文学館の竹廣裕子さんをたずね、詩村映二編集の『驢馬』を閲覧したのは昨年の十二月初旬、詩村のフランス語訳に関し、鈴木創士さんから突然電話をいただいたのは年の暮れ。年が明けるや否や宝塚の小島のぶ江さんをたずね、二冊のアルバムをお預かりした。いま妙に冷えこむ葉桜の夕暮れ。この経過、永劫の夢に似るが現実である。

声と身体の分離する一九二〇年代の無声映画にこれほど惹かれるとは、おもってもいなかった。この間、映画を愛する方々の姿勢から学んだことは少なくない。大正期の湊川新開地や映画館、弁士などの記述に間違いあれば是非お知らせ願いたい。新しい出会いの期待と、ここまで何かと支えてくれた友と妻に感謝する。

二〇二〇年四月尽、神戸、垂水にて

季村敏夫

季村敏夫——きむら・としお
一九四八年京都市生まれ。神戸市長田区で育つ。古物古書籍商を経て現在アルミ材料商を営む。著書に詩集『木端微塵』（二〇〇四年、書肆山田、山本健吉文学賞）、『ノミトビヒヨシマルの独言』（二〇一一年、書肆山田、現代詩花椿賞）、共編『生者と死者のほとり——阪神大震災・記憶のための試み』（一九九七年、人文書院）、共著『記憶表現論』（二〇〇九年、昭和堂）、詩論集『山上の蜘蛛——神戸モダニズムと海港都市ノート』（二〇〇九年、みずのわ出版、小野十三郎特別賞）、編著『神戸のモダニズムII』（二〇一三年、都市モダニズム詩誌、第二七巻、ゆまに書房）、『一九三〇年代モダニズム詩集——矢向季子・隼橋登美子・冬澤弦』（二〇一九年、みずのわ出版）など。

カツベン　詩《し》村映二《むらえいじ》詩文

二〇二〇年六月二十五日　初版第一刷発行

著　者　詩村映二
編　者　季村敏夫
発行者　柳原一徳
発行所　みずのわ出版
山口県大島郡周防大島町西安下庄庄北二八四五
〒七四二-二八〇六
電話　〇八二〇-七七-一七三九（F兼）
振替　〇〇九九〇-九-六八三四二
E-mail mizunowa@osk2.3web.ne.jp
URL http://www.mizunowa.com

印　刷　株式会社 山田写真製版所
製　本　株式会社 渋谷文泉閣
装　幀　林哲夫
プリンティングディレクション　黒田典孝
（株）山田写真製版所）

ISBN978-4-86426-040-4 C0095